Das Buch

Bruce schreibt mit.

Vor spanischen Fahrkartenautomaten, in polnischen Fahrstühlen, in marokkanischen Reisebussen, in dänischen Eisdielen, bei türkischen Apothekern, immer hat Bruce sein Notizbuch dabei, um sich alles zu notieren und darüber später in Ruhe nachzudenken.

Selbst nach anstrengenden Reisen hat er noch die Zeit, sich über das Familienleben der Kellerasseln im Garten Gedanken zu machen.

Der Bär

Bruce ist waschbar, mittelbraun und außerordentlich gutaussehend. Er hält sich selbst für einen Rassebären und neigt gelegentlich zu Übertreibungen. Er hat seine eigene Art der Rechtschreibung entwickelt. Bei manchen Worten lässt er die t`s weg, weil sie ihm für einen Plüschbären zu hart erscheinen. Sobald er durch den Verkauf seiner Bücher reich geworden ist, wird er sich einen Porsche kaufen. Vielen Dank, dass Sie ihn bei seinem Vorhaben unterstützen!

Ein Bär schreibt mit!

Neue Reisegeschichten von Bruce Held

Fotografiert und aufgeschrieben

von

Gitta Gampe

Bibliografische Information der Deutschen Nationalbibliothek

Die Deutsche Nationalbibliothek verzeichnet diese Publikation in der Deutschen Nationalbibliografie: detaillierte bibliografische Daten sind im Internet über abrufbar. http://dnb.d-nb.de

Herstellung und Verlag: BoD - Book on Demand, Norderstedt

ISBN 9 783839147535

Ein Bär schreibt mit

Sie haben also dieses Buch gekauft. Oder blättern Sie erst mal nur drin rum? Mach ich auch immer. Ich lese die ersten drei Sätze eines Buches und entscheide dann, ob es mir gefällt.

Darf ich Sie mal was fragen? *Guckt plüschig* Was erwarten Sie von diesem Buch? Sie wissen schon, dass ich ein Plüschbär bin?

Flüstert: Anmerkung für meine Freunde, die mich schon länger kennen, lest weiter ab dem Kapitel, Spanien im September. Ich muss den neuen Lesern und Leserinnen erklären, worum es hier eigentlich geht.

Nun zurück zu Ihnen. Sie kaufen also ein Buch, das ein Plüschbär geschrieben hat. Bisschen merkwürdig oder? Vielleicht hat es Ihnen jemand empfohlen? Sagen Sie mir wer es war, den schreib ich mit auf meine Porsche-Mitfahr-Liste.[1]

---

1   Abgekürzt auch PML. Haben Sie Geduld, was es damit auf sich hat, erkläre ich später im Buch

Aber sonst is mit Ihnen alles in Ordnung? Lassen Sie das bloß nich Ihren Chef wissen, dass Sie Bücher von Plüschbären lesen.

In Buchhandlungen liegt mein Buch weder am Eingang kunstvoll auf Tischen gestapelt, noch steht es in Augenhöhe auf gut beleuchteten Regalen. Und im Feuilleton der Süddeutschen Zeitung wurden meine Bücher auch noch nich rezensiert. Nur in der „Teddy & Co" durfte ich mal meine Bücher vorstellen.

Aber möglicherweise haben Sie das Faltblatt mit meiner Autogrammkarte mitgenommen, die ich hier im Kurhaus an der Nordsee ausgelegt habe. Und haben gedacht, das is ja mal ein drolliger Kerl! Oder Sie kennen mich von Facebook und haben sich schon mal über meine Fotos gefreut. Ganz abgesehen von den klugen Sachen, die ich dort schreibe, oder »poste«, wie bär ja nun sagt.

Vielleicht haben Sie auch einen meiner Brüder bei sich zu Hause? Haben Sie gewusst, dass es kaum jemanden gibt, der nur einen Brumm-Bruder hat? Fast alle haben mindestens zwei, manche sogar bis zu dreißig Brumm-Brüder! Wovon einige der Brüder auch Schwestern sind, wurde mir gesagt. Ich weiß zwar nich, woran man das erkennt, Mama sagt, die Schwestern haben manchmal Kleider an. Aha. *Schreibt sich das auf.*

Wie auch immer, nun haben Sie ein Buch von mir in den Händen und ich bin ein winziges Stück weiter, auf dem Weg zu meinem Porsche. Was das mit dem Porsche auf sich hat, können Sie ja nich wissen, also erkläre ich es Ihnen kurz.

Liebe Freunde, die Ihr immer noch mitlest, ich hab doch gesagt, weiter hinten geht es für Euch weiter! Ich muss das mit dem Porsche den neuen Lesern und Leserinnen noch erklären.

Setzt seine Erklärbär-Miene auf Wenn ich eines Tages durch den Bücherverkauf sehr reich geworden bin, werde ich mir einen Porsche kaufen. Ein Porsche is ein sehr schickes Auto, das hervorragend zu mir passt. Also zu meinem Typ. Sagte ich schon, dass ich ein Rassebär bin? Ich durfte schon mal in einem Porsche sitzen, sogar auf dem Fahrersitz! „Aber nichts anfassen und nich fusseln, Bruci!", haben die Besitzer gesagt.

Ein Porsche is furchtbar teuer und ich muss noch sehr viele Bücher verkaufen, bis ich überhaupt nur über die Farbe des Autos nachdenken darf, sagt Mama.

Meine lieben Freunde, und das sind alle Arten von Plüschtieren, von A wie Affe bis Z wie Zebra is alles dabei, wollen dann unbedingt mitfahren. Is klar, welches Plüschtier will das nich. Einmal auf der Beifahrserseite vorne im Porsche mitfahren, und nich hinten auf der Ablage vom Golf oder Fiesta oder was auch immer für einem Auto. Oder, was noch schlimmer is, an der Windschutzscheibe rumhängen. Ach übrigens - Sie? Sie haben doch sicher auch ein Plüschtier? Nich? Doch, doch, alle Menschen haben eins, seien Sie mal ehrlich. Denken Sie noch mal ganz genau nach. *Wartet*

Ja genau, der Bär, der Sie in Ihrer Kindheit in Gewitternächten getröstet hat, den meine ich. Und? Wo is er? Ach, vielleicht auf dem Dachboden, sagen Sie? Oder im Keller? In einer Umzugskiste, zusammen mit Ihrem alten Indianerkostüm? Furchtbar. Is das der Dank für alles was der kleine plüschige Kerl für Sie einmal bedeutet hat? Vielleicht hat er sich aber auch heimlich ein eigenes Profil bei Facebook eingerichtet. Vielleicht is er sogar mit mir befreundet? Sie ahnen nich, wieviele Plüschtiere auf Facebook ein geheimes Leben führen. *Kichert*

Wenn Sie das Buch durchgelesen haben, begeben Sie sich bitte sofort auf die Suche nach Ihrem plüschigen Begleiter aus Kindertagen. Und entschuldigen sich bei ihm! Und schönen Gruß von Bruci! Und auch wenn der Ihre vielleicht nich mehr ganz so gut riecht, abgewetzt oder verlottert aussieht, raus mit ihm aus dem Versteck! Versprochen? Bärenwort? Gut.

Wo war ich stehen geblieben? Ach ja, beim Mitfahrwunsch meiner Freunde. Ich hab mir eine lange Liste gemacht, wer alles im Porsche mitfahren darf, wenn ich ihn denn habe. Das is die so genannte Porsche-Mitfahr-Liste. Die Liste is furchtbar lang, manchmal radiere ich auch drauf rum, wenn einer von meinen Plüschfreunden besonders viel Werbung für mich gemacht hat, dann schiebe ich ihn auf der Liste eine Stelle nach oben. Oder ich muss mal einen durchstreichen, weil er nich mehr zu meinen Freunden gehört, das passiert aber eher selten. Eigentlich nur dann, wenn einer böse Sachen über Andere schreibt, oder sich irgendwie im braunen Sumpf verirrt hat. Und mit braunem Sumpf meine ich nich das Wattenmeer.

Manchmal finde ich die Liste nich mehr wieder, weil ich sie irgendwo verkramt habe. Genau wie meinen Schal, mit dem Leopardenmuster. Aber das is eine andere Geschichte[2]. Ich schweife schon wieder ab.

Falls Sie einen meiner Brumm-Brüder bei sich beheimaten, wissen Sie vielleicht noch, dass wir von Tchibo seinerzeit ins Verkaufssortiment aufgenommen wurden. In einem großen Einkaufsmarkt hat meine Mama damals einen meiner Brüder entdeckt. Nein, falsch.

---

2 Wenn ich meinen Schal suche, erinnern mich meine
   lieben Freunde daran, mal hinter der Schublade zu
   suchen.

Bruno hat meine Mama entdeckt und sie so intensiv angesehen als sie an ihm vorbeigehen wollte, dass sie Bruno direkt aus dem Regal mit zur Kasse genommen hat. Auf dem Arm! Nich im Einkaufswagen! Obwohl sie eigentlich dachte, sie bräuchte keinen Plüschbären. Aber das is eine lange Geschichte, das lesen Sie am Besten in »Plüschseele und Drahtseilnerven« nach. Da steht auch alles über unsere Reise von der Fabrik in China nach Hamburg im Containerschiff drin.

Aber nun zu mir. Ich heiße eigentlich Bru-Ci. So hat mich meine chinesische Näherin damals genannt, ich war der erste Bär, den sie in der Fabrik genäht hat. Ich muss mir mal kurz die Augen klar wischen, die sind beschlagen, Moment. So, nun gehts wieder. *Putzt sich die Nase*

Richtig heiße ich Bruce Held, weil ich ein Held bin. Meistens. Manchmal. Aber schon ziemlich oft. Meine Freunde nennen mich Bruci. Und da Sie immer noch weiterlesen, sind Sie nun auch mein Freund und dürfen mich Bruci nennen, und das mit dem Siezen lasse ich nun auch. Einverstanden? Gut.

Warum ich ein Held bin?

Guckt bescheiden Das hat damals auf dem Containerschiff angefangen, als meine Brüder so ängstlich waren, wegen der Dunkelheit und dem ungewissen Ausgang unserer Reise. Ich hatte zu diesem Zeitpunkt schon meine starken Drahtseilnerven drin und hab die Anderen immer beruhigt. So hat sich das dann langsam entwickelt, mit meinem Heldentum.

Im Jahr 2013 bin ich zehn geworden, und meine Brüder selbstverständlich auch. Wir sind sehr viele. Ich schätze ungefähr vierhundertdrölfundzwanzigbärolinen[3].

Zu unserem 10. Geburtstag wurde eine wunderbare Geburtstagsfeier in Hamburg für uns veranstaltet. Meine Brüder und Schwestern sind nach Hamburg gekommen, manche sind sogar im Paket nach Hamburg geschickt worden! Das hätte ich mich niemals getraut, ganz alleine anzureisen.

Wir waren über 160 Bären und durften für ein Gruppenfoto auf der Treppe der altehrwürdigen Handelskammer in Hamburg sitzen.

Alle hatten so ein tolles Plastikschild mit ihrem Namen drauf angesteckt, damit wir bloß nich beim anschließenden Getümmel verwechselt würden. Sogar eine Hafenrundfahrt haben wir noch gemacht, da hab ich auch eins von diesen großen Containerschiffen gesehen, mit dem wir einst aus China gekommen sind. *Zittert posttraumatisch*

---

3 Grobe Schätzung. Marlies hat mal bei Tchibo nachgefragt, wie viele von uns genäht wurden. Hat aber keine Auskunft bekommen.

Organisiert wurde das von meinem lieben Bruder Emil S. Holst und von Schaf Paul Krüger[4]. War eine tolle Party! Danke Jungs, das habt ihr toll gemacht. *Sucht seine PML*

Ich beschreibe mich mal, damit ihr Euch vorstellen könnt, wie ich aussehe.

Wenn ich sitze bin ich ungefähr dreißig Zentimeter groß. Ich habe mir geschworen, dass ich niemals mehr als ein Kleidungsstück tragen würde. Mehr is für einen Bären nich angemessen. Ja. ich weiß, liebe Freunde, die Ihr immer noch mitlest, einige von Euch haben sehr viele Kleidungsstücke und wechseln sie auch täglich. Manche lassen sich sogar bei meinem lieben Freund Carlo Sachen nach Maß schneidern.

Ihr seht auch fantastisch darin aus, wirklich, aber für mich is das nichts.

Im Winter trage ich mein Wintershirt. Das hat Mama mir mal genäht. Es is aus hellbraunem Fleecestoff und passt hervorragend zu meiner Fellfarbe. Ich bin nämlich ein Herbsttyp. Auf den rechten Ärmel hat sie aus dem gleichen Fleecestoff ein kleines Herz genäht, weil ich da ein kleines Brandloch drin hatte. Das is mal

---

4 Schaf Paul is berufstätig, guckt mal unter Reiseboersenetz nach.

Silvester passiert, als ich eine Wunderkerze gehalten habe.

Da flog so ein Funke auf meinen Ärmel. Ich hab nich mal gezuckt, ich bin eben ein Held. Aber mit dem Herzchen drauf, sieht es ganz toll aus und keiner sieht das Brandloch. Im Sommer trage ich entweder mein Hawaihemd oder bei offizielleren Anlässen mein gutes Hemd. Zum Übergang habe ich meistens meinen blaugraugestreiften Kapuzenpulli an. Darin fühle ich mich am Wohlsten und sehe voll lässig aus. Sagen alle.

Wenn man mich drückt, bin ich überall weich, in den Tatzen habe ich Granulat, das raschelt etwas, beim Drücken. Meine Oberarme sind dünn, um ehrlich zu sein, sie sind furchtbar dünn. Ich kenne Brüder, die haben sich die Oberarme nachstopfen lassen. Aber ich halte nichts davon. Außerdem habe ich Angst vor der Narkose! Das zum Thema Held, sagt Mama gerade.

Alle die mich sehen bemerken sofort, dass ich ein besonders gut aussehender Plüschbär bin. Es muss an meinem Gesichtsausdruck liegen. Ich grinse nich einfach nur so in die Gegend, nein, ich habe so was Intellektuelles im Ausdruck. Wirklich! Guckt mal!

Guckt intellektuell - guckt sehr intellektuell.

Meist sitze ich hier zu Hause auf dem Sofa, und be-

wege mich nich. Besucher die mir zum ersten Mal be-
gegnen, denken, ach wie nett, ein Teddybär. Aber genau das is der Trick. Ich beobachte nämlich alles sehr
genau mit meinen, schon leicht verschrammten,
dunklen Glasaugen. Und meinen Plüschohren entgeht
nich die leiseste Bemerkung der Menschen. Ich kann
mir alles sehr gut merken in meinem weichen Plüschkopf. Und wenn ich am Ende des Tages mein Notizbuch wieder gefunden habe, schreibe ich alle Beob-
achtungen sorgfältig auf.

Warum ich das alles aufschreibe, fragt Ihr?

• Einer muss es ja machen.

• Damit andere Bären was lernen, die nie irgendwo
mit hingenommen werden. Oder im Keller sitzen!
Guckt vorwurfsvoll

• Wegen dem Porsche. Durch den Verkauf meiner
Bücher werde ich irgendwann reich sein. Sehr reich.

Als ich jünger war, hatte ich seidenweiches. braunes
Fell. Durch das Waschen in der Waschmaschine, is
mein Fell mittlerweile ziemlich verzottelt und auch
schon etwas verblichen. Kennen Sie, ach wir sind ja
schon beim Du, kennt Ihr das Problem mit dem Fell
auch? Das passiert, wenn bär älter wird. Neuerdings
werde ich im Feinwaschgang mit Bärwoll gegen »Pilling
und Knötchenbildung« gewaschen. Aber es is zu spät,

ich werde nie mehr so glänzen wie in den Jahren vor der Waschmaschine. Aber egal. Dafür habe ich Einiges erlebt auf meinen Reisen.

Womit wir schon beim Thema wären. Das Reisen. Ich bin immer dabei. Immer! Ohne mich geht meine Mama nich mehr auf Tour.

Und darüber, was uns da alles so passiert, habe ich schon einige Bücher geschrieben.

In diesem, das Ihr gerade in der Hand haltet, schreibe ich über die Ereignisse, die ich noch in keinem anderen Buch aufgeschrieben habe, also aufgepasst.

Los gehts!

So würde das aussehen. Ich im Porsche.

Mein Foto auf Tchibo-Privatkaff

Spanien im September

Ich bin mal wieder in Spanien, dieses Mal auf dem Festland, in Albir. Nur für den Fall, dass Ihr da auch mal hinfahren möchtet.

Es sind 32° Grad im Schatten, mein Fell klebt. Albir liegt ganz in der Nähe von Benidorm und hat eine sehenswerte Altstadt. Nachdem wir die ausgiebig erkundet haben, planen wir einen Tagesausflug mit dem Zug von Albir nach Dènia.

Aber erst mal müssen wir mit dem Bus zum Bahnhof von Albir fahren. Klingt einfach, is es aber nich, deswegen hab ich es aufgeschrieben, weil einem das hinterher wieder keiner glaubt, was da alles passieren kann. Wie Ihr wisst, denke ich mir niemals Geschichten aus, alles is immer genauso passiert. Und, dass ich zu "Übertreibungen" neige, wie Mama vielleicht im Klappentext behaupten wird, stimmt schon mal gar nich. So. Das musste mal gesagt werden. Also, wir wollen mit dem Bus zum Bahnhof fahren. Damit Ihr die Übersicht über das anschließende Chaos behaltet, hab ich die einzelnen Schritte nummeriert und zur Veranschaulichung die Zeichnung von Michael[5] beigefügt. Die hat er gleich danach angefertigt, damit er das Hin und Her zu Hause noch mal in Ruhe nachvollziehen kann.

1. Wir gehen in der brütenden Hitze zur Bushaltestelle. Schon von Weitem sehen wir den Bus an der Haltestelle stehen. Was für ein Glück! Der Bus wartet auf uns. Mama beschleunigt ihren Schritt. Der Busfahrer sieht uns! Und fährt los. Aber ohne uns. Mama grummelt.

2. Dann warten wir eben auf den nächsten Bus. Mama guckt nervös zur Uhr, der Zug geht laut Fahrplan um 11:15 Uhr ab Albir, und wir haben schon 11:00 Uhr. Auf der anderen Straßenseite is ein leerer Taxistand. Die Taxen sind alle gerade unterwegs.

3. Mama erwägt, ein Taxi zu nehmen. Wenn denn mal eins käme

4. Wir gehen über die Straße zum Taxistand. Es sind 33° Grad im Schatten. Wir warten. Es kommt kein Taxi. Dann nehmen wir doch lieber den nächsten Bus.

5. Also gehen wir wieder zurück über die Straße zur Bushaltestelle. Hurra! Der Bus kommt, hält an, lässt

---

5 Wird von Mama manchmal auch Herr Schatz genannt.

Leute aussteigen aber keine einsteigen. Auch Mama nich. Mich schon gar nich. Mama grummelt.

Mein Fell klebt.

6. Wir gehen wieder rüber zum Taxistand. Es kommt kein Taxi. War klar. Mama grummelt.

7. Mama will wieder rüber zur Bushaltestelle und auf den nächsten Bus warten. Ich fange an mitzuschreiben. Alles klebt.

8. Michael weigert sich erneut über die Straße zur Bushaltestelle zu gehen. Na gut, wir bleiben am Taxistand. Warten.

9. An der Bushaltestelle sitzen Frauen, die unser Treiben beobachten und nun anfangen zu kichern. Mama kichert mittlerweile auch, aber mehr so hysterisch. 34° Grad im Schatten. Ich hab schon lange nichts mehr zu lachen.

10. Da! Ein Taxi kommt. Hurra! Es hält an und nimmt uns mit. Mich auch. Wir sitzen im Taxi und freuen uns. Die Klimaanlage kühlt mich auf 15° Grad runter.

Ich bin nämlich wechselwarm. Wenn ich in der Sonne liege werde ich schnell warm, wenn ich im Kühlen sitze, werde ich wieder kühl.

Mama schaut auf die Uhr, 11:10 Uhr. Sie is auch wechselwarm, aber darüber darf ich hier nichts schreiben.

Keine Ahnung warum, mir erklärt ja nie einer was.

11. Die Zeit wird knapp, aber vielleicht schaffen wir es doch noch zum Zug! Wir erreichen den Bahnhof! Schnell wird der Fahrer bezahlt, wir springen aus dem Taxi, nur noch schnell die Fahrkarten aus dem Automaten ziehen. Ihr kennt Fahrkartenautomaten? Gut, muss ich nichts weiter dazu schreiben. Die Automaten in Spanien sind auch nich besser. Der Unterschied besteht nur darin, dass alles auf spanisch erklärt wird. Schnell werden die erforderlichen Bäros eingeworfen[6].

12. Nun is es 11:13 Uhr! Es wird 11:15 Uhr, der Zug kommt nich. Ich schau noch mal selber auf den Fahrplan. Aha. der Zug fährt laut Fahrplan erst um 12:08 Uhr.

13. Wir entspannen uns und trinken Kaffee im Bahnhof. Ich nich, ich hab ja kein Verdauungssystem. Wäre mir auch zu heiß. Es sind 35° Grad im Schatten.

14. Mama laufen mittlerweile die Lachtränen übers Gesicht, als sie die nervenaufreibende Anreise zum Bahnhof gedanklich noch mal Revue passieren lässt. Das mag ich so an ihr. Egal was passiert, letztendlich kann sie immer drüber lachen. Ich sag nur, Waffeleisen. Müsst Ihr nachlesen, steht auch in »Plüschseele

---

6 Ein Bäro entspricht einem Euro, kleine Wechselkursschwankungen möglich.

und Drahtseilnerven«. Tolle Geschichte.

15. Gut, dass wir den Kaffee schon bezahlt haben und
nich noch aufs Bahnhofsklo gegangen sind, ich ja sowieso nich, wegen kein Verdauungssystem[7]. Der Zug
kommt heute ausnahmsweise schon um 11:50 Uhr. Wir
steigen ein, Abfahrt 11:52 Uhr nach Dènia. Mein Fell
is hin.

In Dènia wars ganz nett, aber furchtbar teuer. Sehr
viele Deutsche leben hier, so genannte »Residenten«.
Die müssen wohl genug Rentenbäros bekommen, eine
Eiskugel kostet hier drei Euro. Eine Einzige!

Als wir uns einige Tage von Dènia erholt hatten, sind
wir nach Benidorm gefahren. Mit dem Bus. *Über-
prüft sein Notizbuch* War kein Problem, in den Bus
einsteigen, aus dem Bus aussteigen. Fertig.

Benidorm war in früheren Zeiten mal ein sehr schöner
Ort, malerisch gelegen an der Costa Brava. Nun is er
fest in englischer Hand, wie die Menschen sagen. Das
mit dem »wunderschön und malerisch« muss schon
länger her sein. Mittlerweile is jeder Quadratzenti-
meter des ehemaligen Fischerdorfes bebaut, und wer
einst von seinem Häuschen aus Meeresblick hatte,
schaut nun auf Betonbauten vor sich, die bis in den
ewig blauen Himmel ragen.

---

7 Dass ich kein Verdauungssystem habe weiß ich, seitdem
ich dreimal durch die Röntgenkontrolle am Flughafen
Bremen gefahren bin. Kein Verdauungssystem, kein
Rauschgift, keine Waffen.

In Benidorm fahren die meisten Touristen mit Elektroautos über die breite Promenade. Ob sie nun behindert sind oder nich. Alle. Is wohl bequemer und macht auch schneller dick. Das geschätzte Durchschnittsalter liegt in dieser Jahreszeit in Benidorm bei zweiundachtzig. Was sich da über die Promenade bewegt, mehr oder leider weniger bekleidet, is kein schöner Anblick. *Senkt den Blick* Ich erspare Euch die Einzelheiten.

Das Gute is, hier muss niemand verhungern, es gibt ein Restaurant neben dem nächsten. Und frieren muss auch keiner, es is knuffig heiß. Es muss auch keiner ohne neue Schuhe, einen neuen Fächer, ohne eine stylische Sonnenbrille, ein neues Sommerkleid, eine chinesische Winkekatze, wahlweise in Gold oder Silber, ohne Flamencoschuhe, ohne Badetücher und ohne Plastikenten nach Hause fahren. Is alles da. Alles und noch viel mehr. Das reicht für die gesamte Menschheit auf Jahrzehnte hinaus! Und ich übertreibe nich!

Aber weit und breit gibt es kein einziges Bärenmode-Fachgeschäft. Na toll. Carlo, komm schnell! Ich habe eine super Geschäftsidee für Dich! Ich sehe es schon vor mir, Promenade, erste Reihe: Carlo – Alles für den Bär von Welt!

Anmerkung:

Mama hat ein neues Parfüm. Es heißt Autan und is nich so teuer wie das Zeug, mit dem sie sich sonst so besprüht. Riecht nich annähernd so gut, hilft aber gegen die kleinen, besonders bösen Mücken. Tut mir leid, ich darf kein Foto machen, wo die kleinen Dinger sie überall gestochen haben. *Fragt sicherheitshalber noch mal nach* Auch keine Zeichnung? Nich? Na gut. Aber ich kann Euch sagen, das glaubt kein Bär, wo die überall hinkommen. *Kichert*

Zuhause is es schon Herbst geworden und das bedeutet für mich wieder Gartenarbeit. Bald fallen schon die ersten Blätter und ich muss harken, harken, harken. Ich fände es sinnvoller, erst anzufangen, wenn das allerletzte Blatt vom Baum runter is, aber Mama is anderer Meinung. *Seufzt tief und harkt*

Ich liebe Spanien!

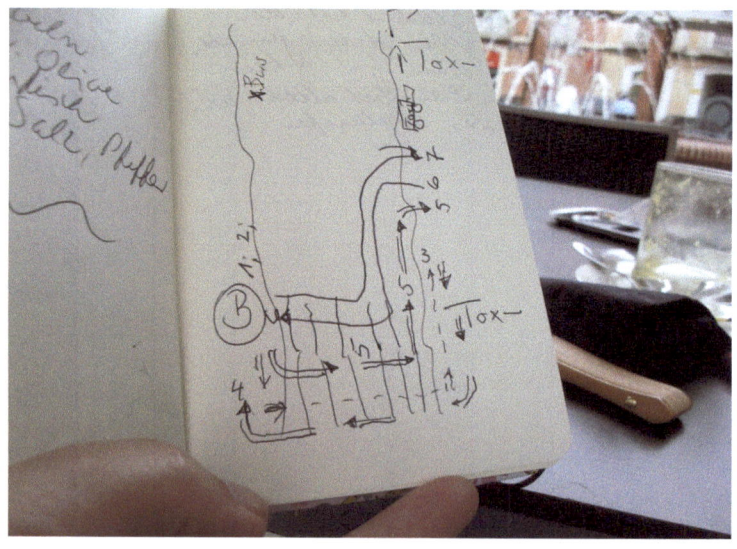

Genau so wars!

Polen im Mai

Ich fahr mit nach Lodz!

Lodz kennen viele Leute, weil Vicky Leandros da mal mit ihrem Theo hinwollte. Kennt Ihr das Lied? *Singt mal kurz an*: Theeeeeeeooooooo! Wir fahrn nach Lodz! Schepperklirr. Seht Ihr, kennt Ihr doch.

Zuerst holen wir den Schwiegerpapa aus Duisselburg-hausen ab. Der Schwiegerpapa is nich mein ganz eigener Schwiegerpapa, ich bin ja nich verheiratet. *Klammert sich schüchtern an seine Mama*

Er is mehr so ein ehemaliger Schwiegerpapa von Michael, aber da meine Beiden in »wilder Ehe« leben, is er eigentlich ein wilder Schwiegerpapa, und deswegen bin ich ein unehelicher, wilder Schwiegerbär. Oder ein unehelicher, wilder, Schwiegerstiefenkelbär! Ja, jetz hab ichs. So was bin ich. Merkt Euch das bitte, weil ich das gleich wieder vergessen habe.

Is aber auch egal für den weiteren Verlauf der Reise.

Der wilde Schwiegerpapa is schon ziemlich alt, aber geistig sehr rüstig, und möchte noch einmal in seine alte Heimat nach Polen. Dort wurde er geboren, so wie ich in China. Aber ich glaub nich, dass ich da jemals wieder hinkomme, also nach China, ich hab nämlich keine wilden Schwiegerbärenkel, die mich auf so eine abenteuerliche Reise begleiten würden. *Weint etwas*

Wo war ich stehen geblieben? Ach ja, in Polen. Nun wird es kompliziert. Weil nämlich die Russen die Polen aus ihren Häusern vertrieben haben. Ganz damals, *zeigt weit nach links*. Aus komplizierten Gründen wurden immer irgendwelche Grenzen verschoben.

Das kann kein Bär verstehen, weil Bären keine Grenzen haben und auch keine Grenzen wollen. Und selbst wenn sie welche hätten, wäre ihnen das Verschieben viel zu anstrengend. Zu den Grenzgeschichten könnte ich noch ne Menge schreiben, würde aber zu weit führen.

Also, zurück zu den die Russen und den Polen. Die Polen haben dann ihrerseits die Deutschen aus ihren Häusern vertrieben, weil die Polen ja auch irgendwo wohnen mussten. Könnt Ihr noch folgen? Gut. Wenn nich, immer fragen, wisst Ihr ja. Das war eine lange und traurige Geschichte, damals in Polen. Ich schneide sie nur kurz an, damit Ihr seht, wie schwierig das mit dem Weltfrieden is. Und wieviel Arbeit für uns Bären und Plüschies auf der ganzen Welt noch vor uns liegt, dass wir das mit dem Weltfrieden auch nur annähernd schaffen werden.

Wo war ich stehen geblieben? *Blättert zurück*

So, nun aber der eigentliche Skandal. Ich muss platt gedrückt im Koffer liegen, weil wir mit Ryanbär fliegen, und da darf jeder Fluggast nur ein Gepäckstück in der Hand halten[8]. Und in dem einen Gepäckstück muss alles drin sein, Anziehsachen, Schuhe, Zahn- und Fellbürsten, Fotoapparat, Bär und Lippenstift. Ich halt also die Luft an, liege im Koffer und kriege vom ganzen Flug nichts mit.

In Warschau darf ich endlich wieder raus und nun is es vorbei mit der Ruhe, und zwar endgültig! Hier sprechen auf einmal alle polnisch! Das konnte doch keiner ahnen! Davon verstehst du als Bär kein Wort. Kein Einziges! Nur mal so als Beispiel:

Jestem niedźwiedzia. Przystojny i średnio brązowe. Zostaję z moim MAA i jestem bardzo zadowolony. Idziemy razem na wycieczki.

Leute, diese Sprache is wirklich zu schwer für mich. Das macht alles keinen Sinn in meinem kleinen Plüschkopf. Dann lieber Kaschubisch lernen, das klingt wei-

---

8 Mittlerweile sind es zwei Gepäckstücke, danke Ryanbär!

cher und lässt sich gut brummeln.

Da stehst du nun als Bär nun auf einem Flughafen mitten in Polen, starrst auf tausende von polnischen Hinweisschildern und hoffst, dass du dein in Germanski gebuchtes Mietauto auch hier irgendwo findest.

Schwiegerpapaski is dabei keine große Hilfe, er is auch schon weit über achtzig und wir müssen alle gut auf ihn aufpassen,

1. damit er nich verloren geht,

2. damit er sein Gepäck nich unbeaufsichtigt stehen lässt und,

3. dass er vor Aufregung keinen Herzkasperski kriegt.

Erstaunlicherweise is es dann ganz einfach den Mietwagenschalter zu finden. Das hätten wir uns auch denken können, dass der Schalter unübersehbar in der Ankunftshalle platziert is. Bär kann ihn gar nich verfehlen.

Und nun is alles ganz problemlos. Die Autovermietungsfrau spricht englisch, der Wagen steht wie versprochen auf dem richtigen Platz im Parkhaus, hat keine Schrammen, is voll getankt und der Schlüssel passt sogar. Die eingebaute Navigationsfrau kennt sich hervorragend aus und spricht akzentfreies Deutsch.

Nun aber raus aus dem Parkhaus und rein in den Warschauer Feierabendverkehr. Mama beschließt, der Navigationsfrau heute Abend einen auszugeben, sie macht einen tollen Job. Also, die Navigationsfrau.

Der strömende Regen vermittelt uns keinen guten, ersten Eindruck von Polen, es schüttet wie aus Kübeln. Ähnliche Gebäude und Straßenzüge, die in Südfrankreich oder Italien in der Mittelmeersonne malerisch und pittoresk aussehen, wirken hier in Polen im Regen einfach nur trostlos. Und dunkel isses auch, und ich fürchte mich ein ganz klein wenig, weil ich kein einziges Wort polnisch kann. Was is, wenn ich verloren gehe? Wo is das nächste Bärenamt? Werden die mich dort verstehen? *Zittert etwas*

Wir finden nach Lodz und dort sogar unser Savoy Hotel! Es hat vier Sterne, keine Ahnung was das bedeutet, scheint aber für irgendwas wichtig zu sein. Es liegt mitten in der Stadt, das is auch gut, weil wir dann nich so weit in die nächste Kneipe laufen müssen.

Apropos nächste Kneipe. In Lodz hat Mama des Öfteren den Eindruck, dass die Leute sie merkwürdig ansehen. Und nich, wie Ihr jetzt vielleicht denkt, weil sie einen Plüschbären auf dem Arm hat.

Nein, sie hat dieses unbestimmte Gefühl eher dann, wenn wir abends noch in eine der gemütlichen Kneipen gehen, um den Tag bei einem polnischen Bier ausklingen zu lassen. Irgendwann fällt es ihr auf, dass nur junge Leute abends ausgehen.

Nirgendwo sind Menschen aus Mamas Generation zu sehen. Geschweige denn noch Ältere! Aber wie Ihr wisst, da steht sie drüber, is der Ruf erst ruiniert, lebt es sich ganz ungeniert. Und mit einem Plüschbären auf dem Arm ziehst du sowieso immer die Blicke auf dich.

Aus gut informierten Quellen haben wir hinterher erfahren, dass die ältere Generation sich aus dem öffentlichen Leben zurückzieht[9]. Und, dass sie auch möglichst kein Geld mehr für unnötige Anschaffungen ausgibt. Damit dann die erwachsenen Kinder das gesparte Geld der Eltern ausgeben können. Aha. Sie hat das zur Kenntnis genommen und als Lebensplan für sich verworfen. Das wars dann wohl mit meinem Porsche.

Aber zurück zum Savoy Hotel! Nun haltet Euch fest! Trommelwirbel. Es hat einen Fahrstuhl! Ich höre Euch schon sagen, ach Bruci, das is doch nun wirklich nichts Besonderes, nich mal in Polen. Aber, *senkt die Stimme*, hier gibt es einen Fahrstuhlführer.

Wartet auf das vielstimmige Ahhhhhhhhh!

---

9 Ältere Generation bist dann, wenn du erwachsene Kinder hast. Egal wie jung du dich fühlst.

Ein Fahrstuhl mit einem Fahrstuhlführer, das geht so. Ich erkläre es Euch.

Du betrittst als Plüschbär den Fahrstuhl, setzt dich auf die kleine Bank, die is in der Kabine gleich gegenüber von der Fahrstuhltür. Dann sagst du mit fester Stimme, in welches Stockwerk du gefahren werden möchtest. Dann guckst du ganz unbeteiligt, ungefähr so: *guckt völlig unbeteiligt*

Wenn du nich weißt, wie dein Stockwerk auf polnisch heißt, musst du die Zahl mit deinen Plüschtatzen zeigen, oder auf die Zahl am Schaltbrett deuten, wenn du nich genug Plüschfinger hast.

Aber wichtig is, ganz unbeteiligt gucken, so als ob du ständig mit polnischen Fahrstuhlführern durch die Stockwerke ratterst.

Wenn du ordentlich drin sitzt macht der Fahrstuhlführer die Außentür zu, die is aus Metall und sehr dekorativ, und dann schließt er sorgfältig die Innentür. Du guckst weiterhin völlig unbeteiligt, am Besten auf die Erde oder an die Decke oder auf deine Plüschtatzen. Der Fahrstuhlführer drückt nun auf das gewünschte Stockwerk, es sei denn, es sind noch andere Plüschbären im Fahrstuhl, die ganz woanders hin wollen, und schon vor dir schon im Aufzug waren. Könnt Ihr noch folgen? Gut. Wenn was nich klar is, immer fragen.

Jetzt hältst du die Luft an und ab geht die Post. Also die Fahrt nach oben. Wenn du da bist, wo du hinwolltest, öffnet der Fahrstuhlführer zuerst wieder die Innentür, dann die dekorative Außentür. Nun kannst du von deiner Sitzbank runter klettern, lässig den Aufzug verlassen und auch wieder Luft holen. Beim Rausgehen solltest du irgendwas Freundliches brummen, egal in welcher Sprache, aber es sollte freundlich klingen.

Wenn du wieder runter fahren möchtest, musst du das Ganze nur umgekehrt machen. Kannst aber auch zu Fuß gehen, wie Mama. Die hat schlechte Erfahrungen in Fahrstühlen gemacht, weil sie mal zwischen den Stockwerken stecken geblieben is. Aber das war in Deutschland. Den Aufzug in Lodz wollte sie aber wenigstens einmal benutzen. Wenn ich bei ihr bin, hat sie auch nich so viel Angst.

Aber ich bekomme dann immer feuchte Füße, weil sie die dann so fest hält und drückt.

Das Savoy Hotel ist über einhundert Jahre alt, alle Zimmer sind gemütlich renoviert und ich fühle mich sehr wohl hier. Das polnische Fernsehprogramm versteh ich natürlich nich, genau wie damals in Spanien, wo ich mir auch nur die Trickfilme angesehen habe.

Am nächsten Tag beginnt die Reise in die Vergangenheit des Schwiegerpapaski. Er möchte gern noch einmal all die Orte sehen, die ihm wichtig sind. Na klar, deswegen sind wir hier, und das machen wir auch gerne. Und dank unserer Navigationsfrau, ich nenne sie nun Karin, das schreibt sich kürzer und is auch viel persönlicher, also dank unserer Karin könnte das auch gut klappen, dass wir all diese Orte wieder finden, die unser lieber Schwiegerpapaski noch mal sehen möchte.

Ihr vermutet, nun folgt ein »Aber«, stimmts? Genau. Denn ganz so einfach is das mit dem Wiederfinden nich, und das liegt nich an Karin. *Stellt sich schützend vor Karin.*

Denn, Schwiegerpapaski

- kann nich mehr gut hören

- stellt manchmal sein Hörgerät aus

- traut unserer Karin absolut nichts zu!

Weil Karin sich in seiner Vergangenheit gar nich auskennen kann!

Und da hat Schwiegerpapaski Recht. Zu seiner Zeit gab es hier noch Sandwege und Pferdefuhrwerke. Von denen hat unsere liebe Karin natürlich keine Ahnung.

Sie erklärt unbeirrt und gleichbleibend freundlich den kürzesten Weg von A nach B, begleitet von den aufgebrachten Kommentaren unseres lieben

Schwiegerpapaski während der gesamten Fahrt.

An einer Tankstelle kauft er sich deshalb eine große Straßenkarte, um sich Orientierung und einen Überblick zu verschaffen.

Habt Ihr jungen Leute noch Erfahrungen mit Straßenkarten? Die sind patent gefaltet und wenn du als Bär die Karte auf dem Beifahrersitz ganz auseinanderfaltest, um den Überblick zu bekommen, wohlgemerkt, *während* der Fahrt, wird der Fahrer große Probleme haben, noch einen freien Blick auf die Straße zu finden, weil die Karte wirklich sehr breit is.

Ich muss mir immer das Lachen verkneifen, wenn Schwiegerpapaski beim Fahren von früher erzählt, und Michael dabei versucht seinen Anweisungen zu folgen.

„Und da rechts," brüllt der Schwiegerpapaski, Michael schlägt hektisch das Lenkrad nach rechts ein, „da rechts wohnte früher die Tante Gerlinde!" Aha, gut zu wissen. Die is aber auch schon lange tot. Also lieber weiter geradeaus fahren. „Und da vorne links," ich ahne es schon, Michael blinkt nach links und zieht den Wagen sportlich nach links über die viel befahrene Gegenfahrbahn, „da links stand früher immer ein Gemüsehändler!" Den gibts auch schon lange nich mehr, da kannst du aber jetzt preiswert Mobiltelefone kaufen. Wollen wir aber nich. Wir suchen die Vergangenheit des Schwiegerpapaski.

Diese Autofahrten in die Vergangenheit sind emotional aufgeladen und nervenaufreibend für uns alle. Nur Karin scheint die aufgeheizte Stimmung nich zu bemerken. Sie bleibt gleichbleibend freundlich. Wenn möglich bitte wenden.

Schwiegerpapaski hat einem alten Kumpel, der ebenfalls in Polen gelebt hat, versprochen ein Foto von dessen damaligem Wohnhaus mitzubringen. Nur wissen weder der Schwiegerpapaski noch wir, und die arme Karin schon gar nich, wo dieses Haus steht. Wir haben keine Ortsangabe und leider auch keinen Straßennamen.

Aber wir wissen eine Hausnummer, 54! Also mathematisch gesehen, eine Gleichung mit erschreckend vielen Unbekannten. Wir wissen nur, dass es ein Haus is, ein Haus, das vielleicht schon gar nich mehr existiert. Schwiegerpapaski hat auch nur eine sehr vage Ahnung davon, wo es sein könnte.

Auch wenn Ihr wie ich, vielleicht keine mathematisch großen Leuchten seid, könnt Ihr Euch vorstellen, dass wir dieses Haus nach menschlichem Ermessen nich hätten finden können. Aber wir gurken munter durch die Landschaft und sehen Orte, die noch nie ein Mensch, geschweige denn ein Plüschbär, je zuvor gesehen hat. *Kichert*

Plötzlich fällt dem Schwiegerpapaski ein, dass das Haus vielleicht doch in einer ganz anderen Gegend stehen könnte, als in der, in der wir gerade ziellos umherirren. Also schalten wir Karin aus und folgen seinen Anweisungen. Und tatsächlich, wir finden die richtige Straße! Das alte Haus gibt es natürlich nich mehr, es ist längst abgerissen worden und an seiner Stelle stehen neue Häuser.

Aber macht Euch keine Sorgen, der alte Kumpel des Schwiegerpapaski hat dann doch noch sein Foto bekommen. *Kichert schon wieder*

Wir haben in der Straße einfach ein nettes altes Haus fotografiert, und zuhause mit Fotoshop die Hausnummer 54 eingefügt. Sah sehr gut aus. Aber nichts verraten.

Hält sich die Tatze vor den Mund und zwinkert verschwörerisch

Später haben wir auch noch das Elternhaus und die alte Schule des Schwiegerpapaski ausfindig gemacht. Von mir kam nämlich der hilfreiche Tipp, nich die jungen Polen nach dem Weg zu fragen, sondern die alten Mütterchen, mit den Kopftüchern und den langen Schürzen, die die Straßen entlang humpeln. Mit denen hat der Schwiegerpapaski dann lange Plausche im fließenden Polnisch am Straßenrand gehalten.

Für die Interessierten unter Euch, hier noch einige Informationen zu Lodz: Lodz hat eine bewegte und traurige Vergangenheit. Einiges habe ich nachgelesen, nämlich dass Lodz 1793 ein Teil von Preußen wurde. Im 19. Jahrhundert unterstand Lodz dann dem russischen Zaren, es kam zu einem wirtschaftlichen Aufschwung. Deutsche Tuchmacher siedelten sich an, die ihr Handwerk meist in Heimarbeit ausübten.

„Durch die Industrialisierung wurde Lodz der wichtigste Standort der Textilindustrie, die Einwohnerzahl stieg von unter Tausend auf mehrere Hunderttausend. Seit 1848 durften sich auch Juden in der Stadt niederlassen.

Während des Ersten Weltkrieges wurde die Stadt Lodz zum Kampfgebiet. Die Schlacht um Lodz endete unentschieden, jedoch mussten die russischen Armeen die Stadt am 6. Dezember 1914 den Deutschen überlassen. Der Krieg bedeutete für die Stadt einen schweren wirtschaftlichen Schlag.

Zum einen brach der wichtige russische Markt weg, zum anderen demontierten die Besatzer große Teile der Fabriken ohne Rücksicht auf die überwiegend deutschen Besitzer." (Quelle Wikipedia)

Als wir Schwiegerpapaski Elternhaus fanden, wurden wir ängstlich von einer alten Frau aus einem Fenster im Nachbarhaus beobachtet. Vielleicht hatte sie Angst, dass ihr schon wieder jemand etwas wegnehmen wollte. Wir haben versucht ohne größeres Aufsehen einige Fotos zu machen, und sind dann wieder gefahren. Es war eine bedrückende Situation.

Und was unser Schwiegerpapaski aus seinem reichen Erfahrungsschatz zur Geschichte Lodz`s beitragen konnte, wäre Stoff für ein weiteres Buch. Aber es würde ein trauriges Buch werden. Alte Menschen haben soviel erlebt, ich mag ihnen gern zuhören. Irgendwann gehen alle diese Geschichten verloren. Vieles was er uns erzählte, war so unfassbar tragisch, dass ich es hier nich wiedergeben mag. Nur soviel, was Menschen anderen Menschen anzutun in der Lage sind, geht über meinen Plüschverstand.

Nachtrag:

Wir fahren an einem kleinen Waldstück vorbei. „Anhalten!" ruft der Schwiegerpapaski aufgeregt. Michael bremst abrupt und steuert an den rechten Fahrbahnrand. In diesem Waldstück liegt ein deutscher Friedhof, Schwiegerpapaski is ganz sicher. Und wirklich, wir finden einen verwilderten Friedhof. Einige Grabsteine wurden offensichtlich mutwillig zerstört, umgeworfen, auf anderen wurden demonstrativ Müllbeutel deponiert. Siebzig Jahre nach Kriegsende, eine traurige Erfahrung.

Mama legt kleine Sträuße aus Wiesenblumen auf die Grabsteine.

Seufzt tief

Wir sind wieder zuhause. *Harkt Blätter – schippt Schnee – macht Winterschlaf*

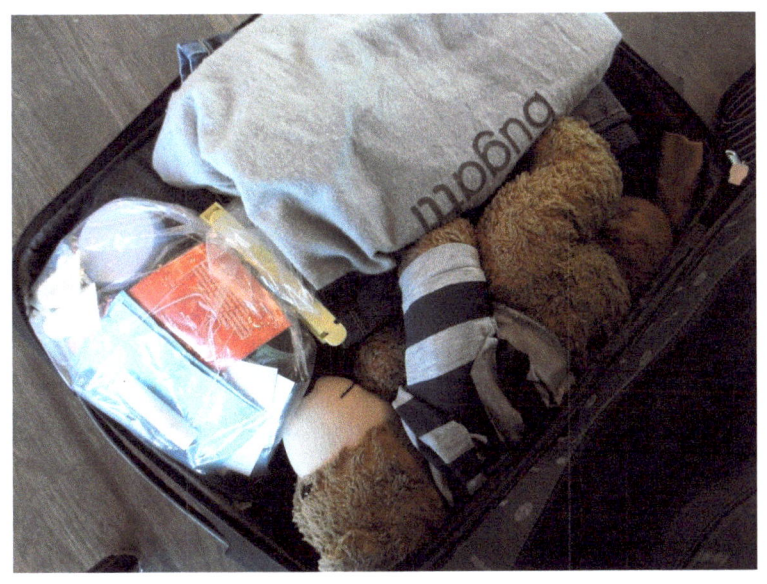

Ich – auf dem Weg nach Polen.

Die ehemalige Schule des Schwiegerpapaski!

Westtürkei im Februar

Liebe Freunde, ich habe Euch schon öfter von meinen Reisen in die Türkei berichtet.

Erinnert Ihr Euch, wie ich beinahe das kleine Dromel-Di bekommen hätte? Leider war es erst zehn Tage alt und musste noch bei seiner Mama bleiben, wegen Dromedar-Milch-trinken und so. Wir haben damals viele Bäros bezahlt, weil Mama ja unbedingt auf Dromel-Dis Mama reiten musste. Und dann noch die wunderbaren Fotos, von Dromel-Di und mir, das hat sich dessen cleverer Besitzer teuer bezahlen lassen.

Ich dachte damals, das wäre die Anzahlung für das Dro-mel-Di, und dass sie mir das dann nach Hause schicken, wenn es keine Dromedar-Muttermilch mehr braucht. *Seufzt bis ins Granulat*

Aber es kam nie, mein Dromel-Di. Klingt wie der Refrain eines alten türkischen Volksliedes. *Summt: Es kam nie, mein Dromel-Di* Und ich bin jeden Tag zum Briefkasten gegangen, um nachzusehen, ob es schon angekommen is!

Nun fliegen wir an die lykische Küste der Türkei. Auf dem Flug von Hannover nach Antalya, gibt es keine besonderen Vorkommnisse, keine Panik mütterlicherseits, alle sind ganz entspannt. Nun kann ich mich endlich auch mal zurücklehnen. Tut mir auch mal gut, nach der anstrengenden Gartenarbeit und dem ewigen Schneeschippen und Blätterharken. *Legt sein Notizbuch zur Seite*

Wir kommen mitten in der Nacht im Hotel an, 0:30 Uhr. Is nich meine Zeit. *Gähnt*

Morgen früh beginnt die Rundreise, also schnell aufs Zimmer, um noch eine Mütze voll Schlaf zu erhaschen. Wir haben eine richtige Suite bekommen. Als weitgereister Bär weiß ich, dass man die elektronische Zimmerkarte, die man am Empfang bekommt, in das dafür vorgesehene Steckfach im Zimmer gleich neben der Eingangstür stecken muss. *Guckt schlau* Dann geht nämlich überall das Licht an. Mmmh. Nun aber geht das Licht in der Suite plötzlich wieder aus, als ich gerade mitten im Zimmer bin.

Ich mache eine hektische Bewegung, und – schwups – geht das Licht wieder an. Aha, denke ich, das funktioniert über einen Bewegungsmelder! Also, immer schön in Bewegung bleiben. Es is nun mittlerweile ein Uhr in der Nacht, Mama geht schnell ins Bad zum Zähne putzen, ich nich, hab ja keine.

Pling – das Licht geht aus! Mist. Michael bewegt sich tänzelnd durchs Wohnzimmer, damit der Bewegungsmelder wieder Licht spendet und Mama ihre Katzen-

wäsche in voller Beleuchtung beenden kann. Pling –
Licht is wieder aus – Bewegung is gesund, auch weit
nach Mitternacht. Ich tänzle durch die Suite. Pling –
Licht is wieder an. Nun schnell den Pyjama aus dem
Koffer geholt und, Ihr ahnt es schon, - pling - das
Licht is wieder aus.

Michael tanzt und steppt durch die Hotelsuite – pling
- Licht wieder an. Nun aber schnell ab ins Bett! Michael nimmt seine Taschenlampe mit ins Badezimmer,
sicher is sicher. Mama hat keine Lust mehr auf Tän-
zeln. Bei Taschenlampennotbeleuchtung schafft auch
Michael die nächtliche Reinigung und dann ab ins Bett.

Nachtrag:

Es gab gar keinen Bewegungsmelder in der Suite. Es
war ein ganz normaler Wackelkontakt in der Elektro-
nik Und ich hab die ganze Nacht durchgetanzt, weil
ich helfen wollte, den leeren Hotelakku wieder aufzu-
laden.Und denkt immer dran, liebe Freunde: Alles is
wirklich passiert. So was kann sich kein Bär ausden-
ken.Und vergesst niemals eine Taschenlampe und einen Plüschbären mit auf Eure Reisen zu nehmen!

Mit der Reisegruppe fahren wir am nächsten Morgen
durchs Taurusgebirge nach Pamukkale. Diesen Ort
kennen bestimmt schon viele von Euch. Jetzt im Fe-
bruar is es zwar noch recht kühl, aber dafür sind nich
ganz so viele Touristen wie im Sommer hier.

Unser gut ausgebildeter Reiseführer, „Nennt mich Ebu - meinen richtigen Namen könnt ihr sowieso nich aussprechen," erklärt uns, wie diese einmalige Landschaft hier in Pamukkale entstanden is.

Die sechzehn heißen Quellen, die hier entspringen, sind 36° Grad warm und hinterlassen beim Abkühlen weiße Kalkablagerungen, die sogenannten Sinterterrassen. Wenn man aus der Ferne auf Pamukkale zufährt, sehen die Terrassen aus wie ein glänzender, weißer Wasserfall.

Die Kalkablagerungen waren zwischenzeitlich schon leicht angegraut. Aber nachdem das Baden dort verboten wurde und Touristen nur noch barfuß in das warme Wasser durften, sind sie wieder strahlend weiß geworden. Aufpasser stehen mit Trillerpfeifen am Rande der Terrassen und pfeifen alle zurück, die sich nich an diese Vorschrift halten. Ich hab nichts zu befürchten, ich trage niemals Schuhe. Und baden will ich auch nich.

Vor gar nich langer Zeit standen an diesem Ort noch Hotels, mit direktem Zugang von den Zimmern zu den heißen Quellen. Die Hotels wurden glücklicherweise wieder abgerissen, um die Verschmutzung der Terrassen zu beenden. Die Aktion hat sich gelohnt, es is wunderschön hier. Müsst Ihr Euch unbedingt mal ansehen.

Mama war mit den Füßen im Wasser, sehr vorsichtig, weil alles sehr rutschig is. Ich hab mich ganz doll an ihr festgehalten. Unglaublich viele Chinesen ziehen sich hier ihre Schuhe und Strümpfe aus, und tapsen fröhlich durch das warme Wasser.

An einem kleinen Bachlauf sitzen wir dann alle wie die Hühner auf der Stange, und helfen uns gegenseitig, damit keiner ausgleitet. So viele Menschen unterschiedlicher Nationen, verschleiert und unverschleiert, alt und jung, und weit und breit kein anderer Plüschbär.

Wir schaffen es nach dem Genuss des warmen Wassers, mit Hilfe vieler kleiner asiatischer Hände, dann wieder unfallfrei auf den rettenden Holzsteg. Das Ganze is ein Weltwunder und Euer Bruci war dabei!

Nachtrag:

Ich guck immer mal, ob ich vielleicht irgendwo meine chinesische Näherin zufällig sehe. Chin-Lou, Ihr erinnert Euch? Wie es ihr wohl geht? Brumm-Brüder wird sie wohl nich mehr nähen, wir sind ja limitiert. *Guckt limitiert.* Ich hab immer mein Namensschild am Shirt, wo »Bruci« draufsteht, damit sie mich gleich wieder erkennen könnte. *Seufzt*

Nachtrag zum Nachtrag:

Das Wasser soll gut für die Schönheit sein, sogar Kleopatra hat sich hierher bringen lassen, um zu baden. Genau wie ich. Nur, dass ich nich baden will. Ich finde, mein Fell is auch schon etwas weniger zottelig geworden, allein durch die Luftfeuchtigkeit. Und weiter gehts durch die Westtürkei.

Überraschung, wir fahren in die Teppichfabrik!

Ich hab darüber schon mal was geschrieben – aber es immer wieder toll.

Ja, ich weiß, es is schlimm, aber da müssen wir nun durch, also durch die Teppichfabrik. Ihr auch. Ansonsten könnten wir nich einen so herrlichen Urlaub in den luxuriösesten Hotels verbringen. Diese Rundreisen werden von der türkischen Regierung gesponsert, um den Tourismus anzukurbeln.

Der Besitzer der Teppichfabrik is, wie nich anders zu erwarten, eloquent, äußerst elegant gekleidet und deutlich um Seriosität bemüht. Ich sitze aufmerksam in der großen Runde im prächtigen Schauraum der Fabrik. Hab ich sicher schon mal beschrieben, nach welchen Regeln die Fabrikbesichtigung vor sich geht.

Aber dieses mal passe ich noch genauer auf! Hier kannst du als Bär wirklich was über erfolgreiches Verkaufen und Kommunizieren lernen. Ganz wirklich. *Hebt schwörend die Tatze*

Der Fabrikbesitzer, eloquent und elegant, begrüßt uns herzlich und fragt, wer welchen Tee trinken möchte. Ich melde mich bei Apfeltee, Mama meldet sich bei schwarzem Tee. Wird dann auch freundlich von dunkeläugigen Helfern serviert.

Und dann fliegen sie wieder, die fliegenden Teppiche! Wie ich diese Vorstellung liebe! Kunstvoll geworfen von den Helfern des Eloquenten.

Und es is wirklich eindrucksvoll, ein Teppich is schöner als der andere. Die edelsten und wertvollsten Stücke fliegen uns förmlich vor die Füße und landen gekonnt übereinander. Begleitet von den Ah`s und Oh`s der Besucher.

Notiz für Mama:

Zu Hause unbedingt prüfen, ob unser Seidenteppich wirklich ein Seidenteppich is, oder nur einer aus mercerisierter Baumwolle, sogenannte Kaschmir-Seide. Wenn man daran mit einem Geldstück schabt, würden sich bei den Baumwollteppichen Flusen lösen, bei dem Seidenteppich fusselt nix. Hab ich mir aufgeschrieben, als der Eloquente das erzählt hat.

Ich schabe unauffällig an meinem Fell, es fusselt. Baumwolle. Ich habs geahnt.

Jetzt kommt für mich der spannendste Teil! Außerordentlich unauffällig kommen die Beobachter in den Raum. Die Beobachter zu beobachten, das hab ich mir dieses Mal vorgenommen. Jeder der Beobachter lässt eine bestimmte Gruppe von Besuchern während der ganzen Vorstellung nich aus den Augen.

Bei jedem fliegenden Teppich achten sie sehr genau darauf, welche Reaktion der jeweilige Teppich bei den Besuchern auslöst, und bei welchen Modellen die Augen der Besucher am meisten strahlen. Faszinierend!

Nach der Vorstellung dürfen wir uns im Hause des Eloquenten »frei bewegen«. Wir sind seine Gäste und er freut sich, dass er uns all seine Teppiche zeigen darf. Natürlich würde er die Teppiche auch gern und kostenfrei nach Deutschland schicken, für den Fall, dass die nich in unsere Koffer passen.

Und falls wir gerade keine zwanzigdrölfundvierzigtausend Bäros im Portemonnaie hätten, kein Problem, er akzeptiere jede Plastikkarte.

Und da is er auch schon, der uns Zugeteilte. Du

kannst ihm nich entkommen, beim sogenannten »In-der-Fabrik-Frei-Bewegen«, unmöglich. Nach den ein-leitenden, höflichen Wendungen des Verkäufers, „Woher kommst du, welcher Teppich gefällt dir am Besten?", kommt die Frage,

„Wieviele Kinder hast du?" „Vier", sagt Mama, „Flei-ßig", sagt der Verkäufer.

„Vier Kinder, dann brauchst du vier Teppiche!"

*Schreibt mit*Auf so ein Verkaufsargument musst du als Bär erst mal kommen. Vier Kinder – vier Teppiche.

„Welcher Teppich gefällt dir besonders?" „Alle!", sagt meine schlaue Mama, und das is schon fast die Wahr-heit. Bei den Kindern hat sie etwas geschummelt, und schnell die wilden Stieftöchter mitgerechnet.

Egal. Wir kaufen keinen Teppich und finden den Aus-gang, der mal wieder nich so einfach zu finden is wie der Eingang.

Diese einleitenden, höflichen und manchmal unglaub-lich lustigen Gesprächseröffnungen vermisst Mama in Deutschland. Ganz besonders, wenn sie sich etwas kaufen möchte und dazu eine fachliche Beratung braucht. Ich sag nur, Damenunterwäsche.

Zwinkert vielsagend

Nachtrag:

Neulich in Deutschland, in einem Drogeriemarkt.
Mama: „Haben Sie diese Zahncreme auch in einer Rei-
segröße?" Verkäuferin im harschen Ton: „Ham wir
nich!" Vielen Dank fürs Gespräch, und nein danke, wir
möchten keinen Apfeltee.

Und Entschuldigung, dass wir gefragt haben.

Und wo wir grad dabei sind:

Wir besuchen die Lederfabrik!

Ja, auch darüber habe ich schon geschrieben. Erinnert ihr Euch? Mama macht sich nix aus Ledersachen,
aber wir haben immer Spaß am Beobachten der Abläu-
fe bei diesen Veranstaltungen.

Nach der Modenschau *gähn* is sowieso nie was für
mich dabei, gehts in die Verkaufsräume.

Ein mittelaltes Ehepaar, die Frau is schon im Leder-
rausch, dem Ehemann wirds nach einer Stunde, Nur-
mal-Gucken zu viel, er versucht die heimliche Flucht.
Er bräuchte frische Luft, sagt er dem Verkäufer.

Ha ha, guter Plan, der Verkäufer bringt ihn zu einem
kleinen Balkon, da kann er frische Luft schnappen, und
danach muss er wieder brav zurück in den Verkaufs-

raum. Warn Versuch, hätte klappen können. Haben Andere auch schon versucht.

Mama hat die Modenschau artig beklatscht, is auch den Verkäufern brav in die Verkaufsräume zum ganz unverbindlichen Anschauen gefolgt, und hat dann schlau und wieselflink hinter einer Stellwand den Ausgang und die Treppe nach unten gefunden. Ha! Geschafft.

Draußen scheint warm die Februarsonne, der freundliche Busfahrer nutzt die Shoppingpause seiner Gäste und lässt sich die eleganten Lederschuhe von einem mobilen Schuhputzer pflegen. Mama genießt heißen Kakao und frisch gepressten Orangensaft.

Ich mach mir noch ein paar Notizen.

Nach einer Stunde kommt die kleine Koreanerin aus der Reisegruppe, um sich aus dem Bus weitere Bäros für ihre Einkäufe zu holen. Die übrigen Teilnehmer folgen auch bald mit Tüten bepackt. Und wieder war es ein guter Tag für die Lederfabrik.

Klappt sein Notizbuch zu. Mmmh, so ein in Leder eingebundenes Notizbuch für mich wäre schön gewesen. *Seufzt* Zu spät. Der Bus fährt weiter.

Ich hoffe, ich langweile Euch nich, liebe Freunde, aber nun kommen wir zur Schmuckfabrik. Same procedure as last year.

Die Schmuckfabrik, Westtürkei – oder:

Wie Frauen alles vergessen, was sie ihrem Plüsch-bären vor gar nich langer Zeit erklärt haben!

Wir wollen doch Nur-mal-Gucken, Bruci! Is klar. Seid vorsichtig, wenn Frauen so was sagen. Wir haben doch genug Schmuck! Ich hab noch viele von den kleinen Freundschafts-Armbändchen, die ich mal hier gekauft habe, also nich hier in der Schmuckfabrik, sondern auf dem Bazar, für ganz wenige Bäros. Und Mama trägt sowieso immer denselben Schmuck.

Ich hab kein gutes Gefühl dieses Mal. Die Beobachter und Verkäufer werden nämlich auch immer besser.

Die elegante und eloquente Chefin des Schmuck-Para-dieses begrüßt uns herzlich, und hält einen kleinen Vortrag darüber, wie in dieser Fabrik gearbeitet wird. Und warum wir gerade hier bei ihr die allerbesten und wunderschönsten Stücke finden würden. Alles mit Garantie und Zertifikat und Apfeltee! Und dann kommts! Ob denn jemand gern ein Schmuckstück, das er oder sie! gerade trägt, gereinigt und poliert haben möchte?

Ha! Aufgepasst! Eine wissenschaftliche Studie hat bewiesen, (hab ich leider erst zu spät in »Bär und Psyche« gelesen), dass gerade die Besucher, die ein Schmuckstück während einer Besichtigung polieren oder reinigen lassen, mit großer Wahrscheinlichkeit zu denen gehören, die später ein Schmuckstück in der Fabrik kaufen werden.

Und? Was glaubt Ihr, wer gibt seinen Ring zum Polieren? Genau. Meine Mama. Na toll. *Hält seine Bäros fest*

Mama fühlt sich einfach zu sicher, sie glaubt, sie kenne alle Verkaufstricks und sei gegen alle Schmeicheleien gefeit. Haha! Ich kenne die Frauen, ich weiß Bescheid!

Wir schlendern betont lässig und völlig uninteressiert durch die obere Etage. Alles glänzt und strahlt und is mit unseren Juweliergeschäften in Deutschland nich zu vergleichen. Aber irgendwie is ihr schweifender Blick heute anders, als neulich bei den herrlichen Teppichen. Ich bin besorgt und schaue mich verstohlen nach Beobachtern um. Keiner zu sehen, ich versuche mich zu entspannen.

So streifen wir durch die hellen, glänzenden Ausstellungsräume, und dann höre ich es! Das "Pling"! Nein, sie hat nichts kaputt gemacht, ich auch nich, ehrlich. *guckt ganz ehrlich*

Das „Pling" kommt aus ihrem Kopf, als sie die Kette in der Vitrine sieht. Ja **die** Kette. Ich höre förmlich das „Pling" in ihrem Kopf. „Oh, die is aber schön." Sagt Mama ganz beiläufig. Kann man ja mal sagen, is ja nich schlimm.

Weiter gehts, von Vitrine zu Vitrine. Hier gibts Brillanten, Perlen und schwarze Diamanten. Alles funkelt und alles blitzt! Der Armreif mit den schwarzen Diamanten in Leopardenform für 61.784 Bäros wird es wohl kaum werden, da bin ich mir ganz sicher. Der passt überhaupt nich zu ihr. Mal ganz abgesehen vom Preis.

Und da is er! Der Verkäufer!

Seit einigen Minuten is der außerordentlich gutaussehende, dunkeläugige Verkäufer mit dem Maßanzug und den schwarzen Lederschuhen schon in unserer Nähe. Ich weiß nich wieso, aber plötzlich stehen wir wieder vor der Vitrine mit der Kette.

„Sie können gern jedes Stück ganz un-ver-bind-lich aus der Vitrine nehmen lassen und anlegen, Madame".
Seine Stimme is leise, seriös und unaufdringlich. Fast wie meine,

Ich weiß, das wars. Nun is alles nur noch eine Frage der Zeit.

Mama bittet darum, nur mal ganz un-ver-bind-lich die Kette aus der Nähe betrachten zu dürfen.

„Aber gern, Madame".

Die Kette wird vom Verkäufer gekonnt und leichthändig um Mama Hals gelegt. Sie hat, in weiser Voraussicht (?), heute ihre Kleidung in braunbeige und einfarbig gewählt, darauf würde wirklich jedes der Schmuckstücke gut zur Geltung kommen.

Nun liegt das Geschmeide auf Mamas Hals und sieht wirklich herrlich aus. Ein Traum! Die Kette steht ihr wirklich gut und passt hervorragend zu ihren grünbraunen Augen. Alle Umstehenden wissen, dass diese Kette gerade so gut wie gekauft is. Mama noch nich.

Der Elegante betont, dass diese Kette ein Einzelstück sei. Die Damenbären unter Euch möchten nun ganz bestimmt wissen, wie die Kette denn überhaupt ausgesehen hat.

Sie is aus sehr hellgrünen, geschliffenen Edelsteinen. Mit ganz leichten Farbunterschieden, was dieses Stück außerordentlich reizvoll macht. Meine Güte, ich rede schon wie der Eloquente und Elegante!

Mama bittet darum, dass Michael ein Foto von ihr mit der Kette macht, damit sie zumindest eine Erinnerung daran mit nach Hause nehmen könne. Denn natürlich sei diese Kette viel zu teuer, sie wolle auch gar nichts kaufen. Ich lächle nur matt.

Aber gern darf sie ein Foto machen! Sie strahlt mit den Edelsteinen um die Wette. Der Verkäufer strahlt auch schon, aber sehr diskret und nach innen.

Am Preis könne er noch was machen, raunt der Elegante diskret in Mamas weit geöffnetes Ohr. Ich habs geahnt.

Er bittet eine zweite Verkäuferin zu uns, und komplimentiert uns in ein kleines Verkaufsseparee. Das müsst Ihr Euch wie eine dieser Logen in plüschigen Opernhäusern vorstellen, nur größer. Mit schnörkeligen, bequemen Sesseln, blitzenden Spiegeln an den Wänden und einem Tisch. Auf dem Tisch steht bereits der unvermeidliche Apfeltee und: Der Taschenrechner. Aha. Nun gehts los. Ich streiche die erste Rate für den Porsche aus meinem Kopf. Ich schreib alles mit.

Mittlerweile wird auch Mamas eigene Kette gereinigt, und sie wird für ihren guten Geschmack gelobt. Meine Güte, Verkaufen is eine Kunstform, und hier haben sie es perfektioniert!

Is das Zufall? Sogar die Farbe der Seidentapeten im Verkaufsseparee passt zur Edelsteinkette. Das Ganze is ein Gesamtkunstwerk. Na ja, bis auf mich.

Betrachtet sein zotteliges Fell

Nun wird über dies und das geplaudert. Derweil liegt die Kette auf dem Tisch und glitzert im Licht der geschmackvollen Lampen vor sich hin. Leise sendet sie Signale aus, nimm mich! Nimm mich! Ich höre das Geräusch schon lange, Mama natürlich auch.

Der Preis noch einmal neu definiert. So kann man das auch nennen. Es wird gerechnet und beraten. Zahlen werden von der Verkäuferin auf einen Schreibblock geschrieben und von Mama eiskalt durch Niedrigere ersetzt. Und ich denk noch so, na, das zieht sie jetzt aber wirklich mal bis zum Ende durch, und kauft dann doch nich?

Ich sitze derweil ganz still auf einem von den elegante, sehr bequem gepolsterten Stühlchen und mach mir Notizen.

Ich kürze die Geschichte ab, Ihr wisst eh schon wie das endet. Ihre Visa-Karte wird gezückt, eine Unterschrift geleistet, die Fünf-Jahre-Umtausch-Garantie ausgedruckt und noch ein Glas Tee getrunken. Die eigene gereinigte Kette wird auch wieder angelegt und alle sind zufrieden. Was will Bär mehr? Warum sie gekauft hat? Weil die Kette wunderschön is. Weil sie es sich wert is.

Weil die Kette dann doch noch erheblich preiswerter als gedacht wurde. Weil sie eine schöne Erinnerung an die Türkei is. Weil das Kaufen Spaß gemacht hat.

Und weil ich Euch die Geschichte sonst nich hätte erzählen können! Sie is so selbstlos!

Nachtrag

In Deutschland geht sie zum örtlichen Juweliergeschäft, und möchte einen neuen Stein in ihren Ring einsetzen lassen. Die Auszubildende des Juweliergeschäftes geht mit dem Ring in einen der hinteren Räume zum Chef, kommt aber blitzschnell wieder zurück. Nein, das würde nich gehen.

Aha. Vielen Dank fürs Gespräch. Und nein, wir möchten keinen Apfeltee.

In der Türkei wird eben dieser Ring im Jahr darauf, innerhalb einer Stunde und einer Apfeltee-Wartezeit, preiswert mit einem neuen Stein versehen.

Noch Fragen?

Nachtrag zum Nachtrag

Sie trägt die Kette oft und gern und freut sich jedes Mal, dass sie sich die gekauft hat.

Beim Augenoptiker, immer noch Türkei

Sie wollen sich neue Brillen machen lassen. Die trauen sich wirklich was, meine Beiden. Brillen – in der Türkei. Ich kenn in Deutschland einige Leute, die bei dem bloßen Gedanken daran, sich in der Türkei eine Brille anfertigen zu lassen, die Hände über dem Kopf zusammenschlagen würden.

So was kann doch nich gut gehen. Ich schreib also mit.

Der Fahrer des Optikers holt uns mit seinem Wagen vom Hotel ab, is klar. Is ja hier auch so. Ich lach mich kaputt. Wir fahren direkt in die Brillenfabrik, Geschäft kann man das nich nennen, dafür is es zu groß.

Wir werden vom Chefoptiker begrüßt. Der Zeitrahmen für die Beziehungsebene fällt heute etwas kürzer aus.

„Geht es Ihnen gut? Haben Sie ein schönes Hotel?"

Kein Problem für meine Mama, die nur eine Brille machen lassen möchte, und keine freundschaftlichen Beziehungen aufbauen will. Wobei wir die einfache Frage, „Geht es Ihnen gut?", noch von keinem Verkäufer jemals in Deutschland gehört haben.

„Ja, uns gehts gut und das Hotel is sehr komfortabel. Danke". Nun mach mir eine Brille, Optiker!

In der Türkei wird bei Verkaufsgesprächen viel

visualisiert. Auf einem großen Blatt Papier zeichnet uns der Optiker die verschiedenen Glasformen mit ihren Funktionen und Vorteilen auf. So einfach, dass das sogar ein Plüschbär versteht. Die Entscheidung, welche Gläser genommen werden sollen, is schnell getroffen. Nun plüschen wir in die erste Etage, zur Augenvermessung.

Hier gibt es nich mehr dieses mittelalterliche Verfahren, wo du als Bär immer verschieden starke Gläser vor die Knopfaugen geschoben kriegst und dich dann entscheiden musst, ob du nun besser! besser! oder schlechter! schlechter! sehen kannst.

Nein, hier guckst du in ein Gerät, und siehst darin, am Ende einer Straße, einen Heißluftballon. Du guckst auf den Heißluftballon - und fertig. Dann rattert an der Seite des Gerätes ein Papierstreifen heraus. Darauf stehen alle entscheidenden Daten über deine Augenwerte.

Na toll, denk ich, das kann ja nichts werden! Aber egal, ich bin für jeden Spaß zu haben und schreibe fleißig mit.

Zurück gehts zum Optikermeister und zum heißen Apfeltee. Nachdem der uns alle Glasvorteile erklärt hat, lässt er uns diskret allein, damit wir uns besprechen können. Sie entscheiden sich für das siebenfach entspiegelte, plüschgehärtete, ultrairgendwas mit Fusselschutz. (Die Rechtschreibprüfung empfiehlt mir gerade anstelle von Fusselschutz, das Wort Fledermausschutz). Klar, sie nehmen die Gläser mit dem Fusselschutz, klingt sehr praktisch. Wobei Fledermausschutz auch nich verkehrt wäre. Wo ich wohne gibts sehr viele Fledermäuse. Ich wohne gleich neben dem Wald!

Das wäre also geklärt, bleibt die Frage nach dem Gestell. Wie Ihr Euch erinnert, is der Laden riesig, Brillengestelle bis zum Horizont. Ich leg mich schon mal auf das kunstlederne Besuchersofa und freue mich auf ein kleines Nickerchen im Brillenparadies. Das Aussuchen wird ne Weile dauern.

Da hör ich gerade noch wie meine Mama zum Optikermeister sagt, „Die Auswahl überlasse ich Ihnen". Ich glaubs nich! So was sagt sie sonst nie! Höchstens mal im Restaurant bei der Weinauswahl, zum Oberkellner ihres Vertrauens!

Der selbstbewusste Optiker greift mit einer einzigen, eleganten Handbewegung in das Regal hinter sich, mit den vierhundertdrölfundzwanzigbärolinen Brillengestellen. Und das sind nur die für Damen! Er reicht Mama ein Gestell. Sie setzt es auf, schaut in den Spiegel, is sehr zufrieden und sagt, „Ja, das nehme ich."

Ich rapple mich hastig hoch und trinke hektisch meinen Apfeltee aus. Und vergesse völlig, dass ich ja gar kein Verdauungssystem habe. Egal.

Der Optiker lässt sich mit orientalischer Gelassenheit nich anmerken, dass er noch nie eine Kundin hatte, die sich dermaßen schnell entschieden hat. Meine Mama is eben anders als Andere, ich habs immer schon gewusst.

Der Preis für die Brille is noch verhandelbar. Beim „Visualisieren" auf dem großen weißen Blatt Papier, hat Mama neben den Preisvorschlag des Optikers ein trauriges Smiley :-/ gemalt.

Daraufhin rechnet der noch mal alles gewissenhaft durch und schreibt eine niedrigere Summe auf. Mama setzt ihr Pokerface auf und trinkt gemütlich in Ruhe ihren Apfeltee. Mir steht der Schweiß auf der Stirn! Gleich werden sie uns rausschmeißen!

Sie is so ausgebufft! Nun malt sie ein Smiley mit Kräuselmund neben die Summe des Optikers. Mamas Angebot is um Einiges niedriger, als das des Optikers. Man einigt sich zwei Apfeltee später auf eine Summe, mit der dann beide zufrieden sind. :-)

Nach drei Tagen bringt uns der Fahrer des Optikers die Brillen ins Hotel.

Ich weiß was Ihr nun denkt. Wieso bringt der Fahrer die Brillen? Die müssen doch noch angepasst werden? So an den Ohren und so?

Warum auch immer das alles so funktioniert, ich kann es mir nich erklären. Der Fahrer bringt also die Brillen, Mama setzt ihre neue Gleitsichtbrille auf, sieht sofort um zehn Jahre jünger aus, kann von meinem Zottelfell bis zu den Bergen am Horizont alles erkennen, und nichts drückt irgendwo.

Und weil der Fahrer sowieso wieder zurück in die Stadt fährt, nimmt er uns auch gern mit dorthin. Er bringt uns direkt zum großen Markt, wo Mama dann das beim Brillenkauf gesparte Geld direkt wieder ausgeben kann.

Nachtrag

Wir wollen das demnächst einmal hier in Deutschland bei einem Optiker versuchen. Beim Eintreten werden wir um eine Tasse Tee bitten, nur für den Fall, dass man uns keinen anbietet natürlich. Dann werden wir über das Wetter plaudern und von unseren Kindern erzählen. Über den Preis der Brille müssen wir dann natürlich bei einigen Tassen Tee noch etwas verhandeln. Zum Schluss vereinbaren wir dann einen Termin, zu dem uns die Brille nach Hause geliefert werden soll. Als Gesprächsabschluss käme dann von uns die Frage, ob uns bitte der Fahrer ins nächste Einkaufscenter fahren könne.

Ich bin mir nich sicher, an welcher Stelle der Optiker unauffällig den Knopf unterm Ladentisch drücken wird, um die Polizei zu rufen.

Nachtrag zum Nachtrag

Ich glaube, ich könnte auch eine neue Lesebrille gebrauchen, meine Augen haben sich durch das Waschen in der Waschmaschine sehr verschlechtert. Aber mich fragt ja nie einer, ob ich mal irgendwas brauche!

Türkische Küche

Gestern gab es im Hotel Milchreis, ja ich weiß, Einige von Euch sagen jetzt iiih, mag ich nich, aber für diejenigen, die Milchreis mögen, der war so lecker.

Der Milchreis is zubereitet mit Zitronen- und Orangenschalenraspelchen, hauchdünn und mit Rosinen verfeinert. Ganz besonders lecker. Das Essen is hervorragend, am Liebsten probiert Mama die verschiedenen Vor- und Nachspeisen der Reihe nach durch. Ich kann hier nich all die guten Sachen beschreiben, Ihr würdet Euch nur das schöne neue Buch, das Ihr gerade in der Hand oder in der Tatze haltet, voll sabbern beim Lesen. *Kichert.* Beim E-Book wär das kein Problem, da könnte man schnell mal drüber wischen.

Aber nach einiger Zeit der kulinarischen Besonderheiten, hat sie an diesem Abend plötzlich Appetit auf etwas ganz Normales. Einen Hamburger, den man sich selber zusammenbauen kann. Gerade bastelt sie an dem profanen Hamburger, als sie zum ersten Mal den begnadeten Koch aus der Küche kommen sieht. Na toll!

Rein platonisch liebt sie diesen Koch seit sie hier is und seine Kreationen genießt. Nun sieht sie ihn endlich persönlich und reißt ausgerechnet jetzt das Mayonaisetütchen für ihren Hamburger auf! Sie schämt sich furchtbar, dass der Koch sie in diesem Zustand sieht, und nich, wie sie gerade seine Spezereien bewundert. Aber es gibt kein Zurück. Tomate und Gurke auf den Burger gepappt, zugeklappt und fertig. Selbst dieser Burger schmeckt noch richtig gut.

Beim Nachtischbuffet kommts dann zu einem peinlichen Zwischenfall. Manchmal schäme ich mich ganz furchtbar für sie.

Das is für einen gutaussehenden Plüschbären wie mich auch nich immer einfach, in solchen Situationen angemessen zu reagieren! Und das war passiert: In dem Augenblick, als sie sich eins von den, kunstvoll auf edlem Hotelporzellan gestapelten, leckeren Törtchen nehmen möchte, bricht das ganze Ensemble mit lautem Scheppern zusammen.

Schreckensbleich und noch schuldbewusst wegen dem Hamburger, versucht sie irgendwas auf dem Buffet zu retten. Zu spät, Michael hat schon den netten Kellner, der auch immer den Toaster löschen muss, darüber informiert, dass es ein kleines Malheur am Nachtischbuffet gegeben hat.

Und dass es die „Dame" mit dem schwarzen Rock da drüben nich war! Und der Plüschbär mit den schamroten Plüschohren schon gar nich!

Am Valentinstag sind dann alle Tische mit roten Rosenblättern geschmückt. Zum Abschluss nimmt Mama sich vorsichtig eine Auswahl der fünf verschiedenen Mousse-aux-Chokolade-Variationen. Der Koch guckt vorbei und empfiehlt ihr außerdem die kandierten Kürbisse zu probieren. Kandierte Kürbisse! So lecker!

Der Flieger wird einige hundert Kilo mehr Lebendgepäck nach Hause transportieren müssen.

In den Städten in der Türkei sieht bär manchmal Händler, die mit einer Waage ihre Dienste anbieten. Viele Türken haben zu Hause keine Waage, und auf dem Bazar is das eine Gelegenheit, sich wiegen zu lassen. Mama läuft immer schreiend weg, wenn sie einen von den mobilen Waagenmännern sieht!

Nachtrag

Sagte ich schon, dass Mama den türkischen Koch hier

aus dem Hotel heiraten will? Und dass es is ihr völlig egal wäre, wie er aussieht, Hauptsache er würde weiterhin so göttlich für sie kochen?

Und als ich sie fragte, wie sie sich ihr weiteres Leben denn hier so vorstelle, antwortete sie, dass es für sie völlig in Ordnung wäre, nachmittags in Teilzeit Schafe zu hüten, etwas Apfeltee mit den Nachbarn in der Sonne zu trinken, und ihr kleines, aber geschmackvolles Heim gemütlich zu gestalten. Und natürlich von dem Koch, wie auch immer er aussehen möge, bekocht zu werden. Habt Ihr auch gerade ein Bild vor Augen? Mmmmh. *Nickt*.

Sie würde jedes Jahr dreißig Kilo zunehmen, und das mit dem „In-Teilzeit-Schafe hüten" könntet Ihr dann auch vergessen. Das bliebe dann sicher wieder an mir hängen.

Rüttelt Mama aus ihren Träumen und packt seine Sachen für den Rückflug

Nachtrag zum Nachtrag:

Und die türkische Rosenmarmelade!!! Unerreicht!

Blättert in seinen Notizbüchern Hab ich Euch schon die Geschichte von der türkischen Apotheke erzählt? Nich?

Mama braucht irgendwas aus der Apotheke, ich hab mir nich aufgeschrieben, was es war. Würde bestimmt auch wieder unter den Datenschutz fallen und das Korrekturlesen nich überstehen.

Egal. Wir gehen also in die Apotheke. Alle Türen sind weit geöffnet, aber weit und breit is kein Apotheker zu sehen. Auch niemand, der dem Apotheker zu Seite stehen könnte, also eine von diesen Apothekenhelferinnen. Alles menschenleer. Nur Regale voll Bärspirin, Bärtaren, Bärowohl, Bäragra und wie das alles heißt.

Wir warten geduldig, mit schon fast orientalischer Gelassenheit. - Und warten. - Und gucken nur so rum und fassen auch nix an.

Legt unauffällig den Traubenzucker wieder zurück in die Schale

Nach gefühlten fünf Minuten wollen wir unverrichteter Dinge wieder gehen. Dann plötzlich!

Draußen fährt ein Auto vor, ein junger Mann im lässigen Sweatshirt steigt aus, kommt in die Apotheke und stellt sich hinter den Verkaufstresen. Mama äußert ihren Wunsch, bekommt das Produkt, der junge Mann kassiert und legt das Geld in die Kasse.

Und - was sagt meine Mama?

„Bist du auch wirklich der Apotheker?"

„Na klar!", antwortet der junge Mann und verlässt gleichzeitig mit uns wieder den Laden. Mmmmh. Nich drüber nachdenken.

Hier is vieles anders.

Erstaunlich wie schnell wir hier in den Tiefentspannungsmodus kommen. Mama döst faul auf der Liege im Hotelgarten unter Palmen, knabbert, (nach dem Mittagessen - drei Gänge!), an kleinen Sesambrötchen, die Kaffeetasse immer in Reichweite. Es fehlen ihr zum Glück, brummelt sie träge, nur noch ein paar Derwische, die eine kleine Tanzeinlage von einer halben

Stunde nur für sie ganz allein machen würden.

In meinem Buch: »Von Dromedaren und Derwischen«, habe ich das ausführlich beschrieben, also die Tänze der Derwische. So eine Vorführung müsst Ihr Euch unbedingt anschauen, wenn Ihr mal hier seid. Ich hab das danach auch mal versucht, mit dem Drehen, hab aber nach der zweiten Drehung aufgegeben.

Aber nich klatschen, wenn die fertig gedreht haben. Bloß nich klatschen! Genau wie in Spanien beim Flamenco, nich klatschen, niemals zu früh klatschen! Daran werden immer die Touristenbären erkannt. Ihr lernt hier wirklich was aus meinen Büchern, is toll, oder?

Da fällt mir ein, dass sich mal wieder keiner um meine Bedürfnisse kümmert! Was is eigentlich mit meinem Dromel-Di? Wir haben nun alle Brillenparadiese, alle Klamottenläden und alle Dinge-welche-die-Welt-nicht-braucht-Läden durch, aber keiner sucht mit mir mein Dromel-Di.

Weint etwas

Eine Kleinigkeit zum Kaffee.

Für die Lücken is Mama verantwortlich.

Der Bär vom Wattenmeer

Zurück in Deutschland haben wir immer eine Zeitlang Probleme, uns wieder einzugewöhnen. Und hier, im Norden, genauer gesagt in Südfriesland, wo ich wohne, sind die Menschen doch recht unterschiedlich zu den kommunikationsstarken Türken.

Bemüht sich um eine diplomatische Ausdrucksweise Wenn du hier jemanden nach irgendwas fragst, beispielsweise, wo denn hier ein gutes Restaurant sei, dann kommt nach reiflicher Überlegung eine angedeutete Handbewegung in Richtung Nord-Süd-Ost und ein leichtes Brummen, das wie, »doah« klingt. Das wars.

Dann kannst du dich aber drauf verlassen, dass du »doah« eine gute und reichliche Mahlzeit bekommst. Früher hab ich in der Mitte Niedersachsens gewohnt, also, bevor ich nach Südfriesland zog. Das müsst Ihr selber raus finden, wo die Mitte Niedersachsen is. Könnt Ihr googeln, Ihr kriegt das hin. Da wars auch schön, aber dann kam das mit dem Umziehen.

Wir ziehen um, sagte Mama eines Tages. Kein Problem dachte ich, und zog meinen blaugraugestreiften

Kapuzenpulli aus und suchte mein gutes Hemd. Aber falsch gedacht, so einfach war das nich. Das könnt Ihr Euch nich vorstellen, was Umziehen wirklich bedeutet! Was da alles passiert! Ich habs mitgeschrieben!

Erstmal musst du dir viele Kartons besorgen. Jede Menge Kartons. Dann musst du überlegen, was du eigentlich von deinen Sachen gar nich mehr haben willst, weil du das meiste von dem Zeug auch schon vergessen hattest, das da im Keller oder auf dem Dachboden, oder in der Garage lagerte.

Wer braucht mehr als eine Tasse, einen Teller und ein Bett? Menschen brauchen sehr viele Sachen. Zumindest glauben sie das. Ich brauch nich viel.

Ich hatte meinen kleinen Rucksack, meinen kleinen Blechkoffer, meine Porsche-Mitfahrliste, meine Badehose, meine Notizbücher, meine Bleistifte, meinen Bleistiftanspitzer und meinen roten Liegestuhl blitzschnell zusammengerafft und stand an der Tür.

„Kann losgehen mit dem Umziehen!", hab ich gesagt. Dann musste ich aber doch noch mal schnell zurück und meine Porsche-Sammlung aus der Garage holen. Die kleinen Porsches, die mir meine lieben Freunde im Laufe der Jahre freundlicherweise zugeschickt haben, weil das mit dem großen Porsche noch etwas dauern wird. Und weil ich ja noch nich mal über die Farbe nachdenken darf!

Aber dann war ich soweit und dachte, nun gehts los.

Das zog sich aber noch über Monate hin, bis Mama ihre Siebensachen endlich sortiert, verschenkt, verkauft, aus Versehen zerdeppert und endlich gepackt hatte.

Nun wohnen wir ganz in der Nähe vom Wattenmeer. Wattenmeer is, wenn du Besuch kriegst, und die noch nie die Nordsee gesehen haben, und wenn du dann mit dem Besuch an die Küste fährst, und leider genau immer dann die Nordsee weg is, wenn der Besuch die endlich mal sehen will, und der Besuch nach dem dritten Mal, wo er die Nordsee immer noch nich gesehen hat, richtig wütend wird, weil er endlich die Nordsee sehen will! Das is Wattenmeer.

Die Nordsee kommt und geht. Das hat mit dem Mond zu tun. Mal is sie da, mal is sie weg. Wenn sie weg is, kannst du als Bär über den Meeresboden spazieren. Der heißt dann Watt oder auch das Wattenmeer. Viele Menschen finden das herrlich, barfuß oder mit Socken im Schlick rumzutapsen. Ich auch, aber nur, wenn ich dabei meine Gummistiefel anhabe. Mama is küstennah aufgewachsen und würde niemals eine Wattwanderung machen.

Auch nich mit einem Wattführer. Wenn nämlich das Wasser der Nordsee wieder zurückkommt, kommt das nich einfach so von hinten wieder nach vorne. Nein, erst spült es die sogenannten Priele voll Wasser und dann kann es passieren, dass du plötzlich ringsum von Wasser umgeben bist und nich mehr ans Ufer zurückkommst.

Wir hören dann über unserem Haus oft die gelben Hubschrauber Richtung Wattenmeer fliegen, um die Leute aus der Nordsee zu retten.

So, ich hab Euch gewarnt, Ihr wisst nun Bescheid, Ihr sollt ja auch was lernen.

Mama hat ein tolles Foto von mir gemacht. Ich steh in Gummistiefeln im Wattenmeer, ganz vorne natürlich! In den Stiefeln konnte ich ganz von alleine stehen! Ein einmaliges Erlebnis! Ich kriege das sonst nich hin, mit dem Selberstehen, ich knick immer ein, wegen meiner weichen Knie. Aber in den Gummistiefeln stand ich wie ne Eins im Wattenmeer.

Sie macht also ein Foto von mir, und genau in dem Augenblick, wo sie abdrückt, kippe ich ganz leicht mit meiner schweren Nase nach vorne! Einen Zentimeter bevor ich Kontakt mit dem Wattenschlick aufnehme, kann ich gerade noch abbremsen. Ich sage Euch, das Foto is sehenswert. Sie hat es dann später zu einem Fotowettbewerb geschickt. Wir haben den ersten Preis gewonnen , und sind seit dem stolze Besitzer eines ganz tollen Fotoapparates!

Ich - alleinstehend im Wattenmeer!

Dänemark im Sommer

Stellt Euch folgende Szene vor:

Ein gemütliches Eiscafé in Dänemark, darin eine große Eistheke, ein paar kleine gemütliche Tische und Stühle.

Mama sitzt am Tisch und genießt ihr Eis. Ich bin sehr dankbar, dass sie das im Sitzen macht. Sonst bin ich wieder der Dumme!

Weil, wenn sie mich auf dem Arm trägt, den Fotoapparat am Handgelenk hat, ihr die Handtasche über der Schulter baumelt, und sie dann noch die riesige Eistüte mit Eischnee balanciert, und gleichzeitig versucht auch noch das leckere Eis zu essen, muss ich im wahrsten Sinne des Wortes die Sache in der Waschmaschine ausbaden!

Und ich wars nich! Ich habe daran überhaupt keine Schuld, dass mein Fell so klebt!

Was wollte ich eigentlich sagen? *Blättert in seinem Dänemark-Notizbuch*

Ach ja.

Eine deutsche Familie betritt die dänische Eisdiele. Vater, Mutter und zwei Kinder. Ich denk noch so, ach brauchst du gar nich mitzuschreiben, was soll da denn schon passieren, und beobachte lieber wann Mama sich endlich mit dem Eischnee bekleckert.

Die haben hier viele verschiedene Eissorten, es gibt Schokoküsse, es gibt Eis im Becher, Eis in der Waffel, es gibt Sorbet und Softeis, Streusel in verschiedenen Farben, Eischnee, Marmelade und Schokostreusel zum Dekorieren. Und all das, was ich noch vergessen habe.

Wischt ein paar Sabbertropfen von der Tastatur

Die deutsche Supermama erklärt nun ausführlich ihrer fünfjährigen Tochter, die völlig überfordert vor der Auswahl steht, das gesamte Angebot:

Dass »Sorbet« sich beispielsweise durch die Zubereitungsart geschmacklich deutlich vom Milch- oder Sahneeis unterscheidet.

Sie erklärt die Problematik der politisch-korrekten Benennung der Schokoküsse, die früher einmal, *flüstert* Negerküsse, hießen. Aber niemand möchte natürlich Menschen damit kränken, indem man nach ihnen kleine Leckereien benennt.

Sie erklärt, dass es auch laktosefreie Sahneeissorten gibt, für all die Menschen, die das Eis mit Laktose in der Milch nich so gut vertragen können.

Sie erklärt, dass Schokostreusel unbedingt *fair* gehandelt werden sollten, damit die Kakakobauern auf der ganzen Welt auch ein menschenwürdiges Leben führen können.

Zu guter Letzt sucht sie nach der Tabelle, mit den in den verschiedenen Eissorten verwendeten Konservierungsstoffen.

Die Tochter entscheidet sich nach dieser zwanzigminütigen Einweisung für eine Kugel Vanilleeis im Vollkornhörnchen.

„So", sagt die Supermama zu ihrem Ehemann, „Arielle

ist fertig." Nun bekommt der Sohn die gleiche Einweisung in die Geheimnisse der Eistheke.

Mama hat sich in der Zwischenzeit noch einen Kaffee bestellt, damit ich alles in Ruhe mitschreiben kann.

Und vergesst niemals, liebe Freunde, ich denke mir solche Geschichten nich aus. Das is alles genau so passiert.

Nachtrag

Ich kann mich nich erinnern, wie der Sohn von der Supermama in der dänischen Eisdiele hieß. Aber seit einiger Zeit mache ich mir Notizen, wenn mir interessante Namen auffallen, die Eltern ihren unschuldigen Kindern geben.

Zurück am Wattenmeer

Neulich im Kurs »Pastellmalen für Erwachsene und Kinder ab zehn Jahren«, den ich mit Mama hier bei uns an der Küste hin und wieder besuche, gabs wieder was zum Mitschreiben für mich.

Zusammen mit seiner kreativen Mama is heute beim Malen dabei:

Deutet einen Trommelwirbel an

Marc-Aurel!

Ein wirklich wunderschöner Name.

Das Problem is nur, wenn die Kursleiterin den begabten Jungen nach seinem Namen fragt, und der Zehnjährige dann „Mackorehl" vor sich hin brummelt, dass dann die Meine immer versucht, sich das Lachen zu verkneifen. Besonders, wenn die nette Kursleiterin bei dem kleinen Künstler noch mal nachfragt, „Sag mir doch noch mal wie heißt du?", und der dann wieder genervt, „Mackorehl" brummelt, und die Kursleiterin zu ihm sagt, „Is nich wahr, du machst Spaß?" Und wenn Mama dann leise zur netten Kursleiterin raunt, „Doch, er heißt Marc-Aurel, mit so was macht man keinen Spaß".

Ich winke mal eben schnell zur weltbesten Kursleiterin Irmgard, im Weltnaturerbportal, direkt am Wattenmeer. *Winkt*

Nett und begabt im Pastellmalen is auch die kleine Zara-Lea. Könnt Ihr Euch vorstellen, wie oft das Mädchen in ihrem Leben erklären muss, wie ihr Name geschrieben wird?

Brummelt mal mit fehlenden Milchzähnen „Thaaralea" vor Euch hin. Na? Klingt lustig, oder? Nur gut, dass kaum noch einer Zarah Leander kennt, das wären große Fußstapfen, in die Kleine treten müsste.

Nun aber zu meinem Lieblingsnamen.

Die Geschichte hat Mama mir erzählt. Dort wo sie arbeitet, und wo ich nich mit hin darf, wegen Datenschutz und so, sitzen zwei Frauen bei ihr und möchten was beantragen. Die Ältere von Beiden ist hochschwanger und die Andere ist ihre fast erwachsene Tochter. Mama fragt freundlich die Hochschwangere nach dem Baby, wann der Geburtstermin sei, ob frau schon wisse welche Sorte Baby es denn werden würde, und lauter so Weiberkram. Und, wie denn der Kleine heißen solle.

„Liuian", sagt die Hochschwangere.

„Ach", sagt meine Mama, und notiert schon mal die Geschichte für mich auf einem kleinen Zettel so ganz nebenbei.

„*Das* is ja ein ausgefallener Name!", sagt sie und hofft, dass die beiden Frauen ihr albernes Grinsen nich bemerken.

Wie sich denn der Name schreiben würde?

"El-I-O-Bindestrich-Ypsilon-A-En."

„Also, Lio-Yan?"

„Ja", sagt die Hochschwangere.

„Nein", sagt die fast erwachsene Tochter.

„El-I-O-ohne Bindestrich-I-A-En."

„Ach so, Lio Ian, und ohne Bindestrich." Mama schreibt mit. Unauffällig.

Mutter und Tochter diskutieren noch mal die Namenskreation und die Notwendigkeit des Bindestriches. Meine scheinheilige Mama fragt interessiert, wer denn auf diesen ausgefallenen Namen gekommen sei. Der Vater des Kleinen, is die Antwort. Aha.

Lio Ian. Wir wünschen dir eine wunderbare Kindheit.

Neulich in »Träwelling wis Deutsche Bahn«, hatten wir das zweifelhafte Glück, Dschäimi kennen zu lernen.

Dschäimi war mit seiner Mutter unterwegs und lang-weilte sich offensichtlich. Alles was er gern näher un-tersucht hätte, die Zugtoilette, den proppenvollen Abfalleimer, den Nothalteknopf, die anderen Bahnrei-senden, wurde mit einem schrillen:

„Nein Dschäimi! Lass das Dschäimi!" kommentiert.

Nach dem dreißigsten Dschäimi-laß-das, war Mama nahe dran selber den Nothalteknopf zu drücken.

Und wieder zeigt sich, dass wir Plüschbären die ange-nehmsten Reisegefährten sind. Ich sitze immer ganz still, beobachte kommentarlos meine Umwelt, mach mir diskret Notizen und fussel nur ganz wenig. Und eine Fahrkarte wurde auch noch nie von mir verlangt!

Haus und Gartenarbeit – ich halt mich da raus

Ihr müsst nich denken, dass wir ständig nur auf Rei-sen sind.

Zwischen unseren Reisen schicke ich Mama schnell wieder zur Arbeit, damit sie neues Geld verdienen kann. In diesem Buch habe ich für Euch die besten Geschichten zusammengefasst, die ich unterwegs fleißig in meinen Notizbüchern aufschreibe. Auf Rei-sen passieren nämlich die spannendsten Dinge. Wenn wir wieder zu Hause sind, wartet immer ein Haufen Arbeit auf mich. Es bleibt ja allerhand liegen, is klar.

Während Mama nach dem Heimkommen von unseren Reisen schon die ersten drei Maschinen Wäsche gewaschen, getrocknet, einiges gebügelt und wieder ordentlich in den Schrank gelegt hat, denke ich über all das nach, was ich erlebt habe. Das nimmt einige Zeit in Anspruch. Meist lege ich mich dazu aufs Sofa, weil ich im Liegen besser nachdenken kann.

Mama schleppt derweil die Koffer auf den Dachboden, ich kann das kaum mitansehen, aber mit meinen kurzen Beinchen und dünnen Oberarmen kann ich ihr sowieso nich helfen. Also mache ich die Augen zu und denke nach. Wenn ich dann wieder aufwache, muss ich mich erst mal recken und strecken. Manchmal schlendere ich dann zu ihr in den Garten, wo sie bereits nach dem Rechten sieht. Ich nehme dabei immer mein Notizbuch mit, möglicherweise gibts was Interessantes aufzuschreiben.

Sie fegt fleißig die Gartenwege und hat schon einen großen Eimer mit Laub gefüllt. Ich bin stolz auf sie, wie sie das alles noch schafft in ihrem Alter. Der Urlaub hat ihr sichtlich gut getan. Ich reiche ihr den kleinen Handfeger, damit sie beim Fegen auch in die schwierigen Ecken und unter die großen Blumentöpfe kommt. Ich helfe ja wo ich kann!

Und schnell den Stift gezückt, da vermute ich schon die nächste Geschichte!

Unter den großen Blumentöpfen verstecken sich gern die kleinen, grauen Kellerasseln. Die sind kein bisschen plüschig, aber dafür sind es sehr viele. Die kleinen Dinger erschrecken sich immer furchtbar, wenn ihr dunkles Versteck unvermittelt gelüftet wird. Alle Asseln versuchen in Panik zu flüchten! Und ich denk dann immer, meine Güte, Mama fegt sie einfach weg! Einige landen auf der Kehrschaufel, andere fliehen hektisch in den Untergrund!

Da werden doch ganze Familien auseinander gerissen, die nie wieder zusammenfinden werden! Hat sich das mal einer überlegt? Stellt Euch vor, da wird eine Familienvater-Kellerassel einfach weggefegt, und die Mutter-Kellerassel sitzt zu Hause mit ihren neunundzwanzig Kellerassel-Kindern und wartet auf den weggefegten Weggefährten!

Und wenn er dann zufällig doch wieder den Weg nach Hause findet, und die Mutterkellerassel fragt ihn: „Achsel, wo warst du solange?", antwortet er natürlich wahrheitsgemäß, dass er einfach so weggefegt wurde. Tja, wenn sie ihm das dann auch glaubt, und nich heimlich an seinem Atem schnuppert, ob er noch in der Kellerkneipe „Zur fröhlichen Assel" gezecht hat! Vielleicht kommt es dem einen oder anderen Kellerasselmann auch ganz gelegen, dass er durch die Fegerei eine Chance zu einem Neuanfang in seinem Leben bekommt. Aber stellt Euch mal so ein junges Kellerassel-Liebespaar vor, das sich gerade erst unter dem Geranientopf kennen gelernt hat.

Und dann kommt meine Mama daher und fegt die jungen Liebenden so mir nichts dir nichts auseinander. Das is der Stoff aus dem Tragödien sind.
Mich nimmt das richtig mit, all diese Assel-Schicksale

so unmittelbar mitzuerleben. Ich schleppe mich mit letzter Kraft in meinen roten Liegestuhl und versuche mich zu beruhigen.

Wo wir gerade bei diesen Gartengeschichten sind, da muss ich Euch noch von der Spinnenmutter erzählen. Mama meint, dass Spinnen sehr nützlich seien, aber doch lieber draußen in der freien Natur nützlich sein sollten. Und nich in Wohnräumen oder in der Garage. Wenn sie in diesen Räumen welche findet, holt sie den Staubsauger und saugt sie einfach weg.

Ja, Ihr habt Recht, ich finde das auch ganz furchtbar. Aber sie meint, dadurch hätten sie noch eine allerletzte Chance, aus ihrem Spinnenleben was zu machen. Ich will mir das gar nicht vorstellen, wie das in den Staubsaugerbeuteln aussieht.

Was macht Ihr mit Spinnen? Nein, tot machen kommt nich in Frage. *Schüttelt sich* Manchmal nimmt sie schnell ein Tuch und bringt die krabbeligen Dinger darin an die frische Luft. Dann bewundere ich sie immer grenzenlos. Ich könnte das nich. Das also zum Thema Held, sagt sie schon wieder.

So, nun zu der Spinnenmutter. In der Garage wird geputzt, weil hier auch die ganzen Sachen stehen, die wir basteln und bemalen. Also muss es hier gut aussehen, weil manchmal Leute kommen und was von den Sachen kaufen wollen. Und es sieht nich gut aus, wenn alles voller Spinnweben ist. Ausgerechnet heute hängt an der Wand die Spinnenmutter. Woher ich weiß, dass das eine Spinnenmutter is? Weil sie ein ganz zartes

Babynetz gesponnen hat, und in diesem zarten Netz sind unzählige winzige Babyspinnen zu sehen, eigentlich sind es nur kleine Punkte.

Und da bricht wieder die mütterliche Seite bei ihr durch, sie bringt es nich übers Herz, die Spinnenmutter mitsamt den kleinen Babyspinnen aufzusaugen. *Seufzt* Irgendeine Form von Solidarität zwischen Müttern auf der ganzen Welt muss da magisch gewirkt haben.

Plüschkopf auf Tisch

Nachtrag:

Also mal ganz ehrlich, das macht doch alles keinen Sinn, oder? Wenn die Babyspinnen groß sind, haben sie bei uns nur eine Chance, raus in die freie Wildbahn, andernfalls: Staubsaugerbeutel. Falls irgendwelche Plüschspinnen mitlesen, ich habe Euch gewarnt! Haltet Euch von hier fern!
Und damit hier kein falscher Eindruck entsteht, natürlich helfe ich im Garten mit. Hier gibt es wunderbare gelbe Blumen im Rasen, die ich ausdauernd hege und pflege. Sie gedeihen sehr gut, wie Ihr auf dem Foto sehen könnt. Auf dem Bild bin ich noch sehr viel jünger, da glänzt mein Fell noch in der Sonne. Und weil zu viel Sonne mein Fell zusätzlich strapaziert, überlasse ich die weiteren Arbeiten nun wieder meiner fleißigen Mama. Denn damit is auch keinem geholfen, wenn ich völlig abgearbeitet und verzottelt aussehe.

Meine Lieblingsblumen!

Perfekt gekleidet in Marokko.

Nichts für schwache Nerven.

Marokko im September

Das war eine heiße Sache, die Rundreise durch Marokko. Im wahrsten Sinne des Wortes. Im September sind die Temperaturen in Marokko für mitteleuropäische Plüschbären wie mich, normalerweise wieder erträglich. In diesem Jahr jedoch nich, draußen sind es 42° Grad im Schatten. Wir fahren zum Glück mit einem modernen, klimatisierten Bus zu den Königsstädten in Marokko. Von Agadir geht es zuerst nach Casablanca, das sind über 400 Kilometer. Kein Problem, wir sitzen im Kühlen. Ich trage meinen blaugraugestreiften Kapuzenpulli. Bei Klimaanlagen hast du dir als Plüschbär schnell den Nacken durch die Zugluft verspannt.

Vom Busfenster aus sehen wir im Vorbeifahren die Marokkaner in der Gluthitze draußen reglos stehen oder sitzen. Sie warten auf einen Linienbus, der vielleicht kommt, oder auch nich. Da is man sich nie so sicher, erklärt der freundliche Reiseleiter. Die Marokkaner nutzen jeden Schatten, den ein Baum oder ein Pfahl wirft, und sei er noch so schmal. In unserem gekühltem Bus höre ich Stimmen von Mitreisenden, die

sich verächtlich über »die faulen Marokkaner« mokie-
ren, die ganz ruhig dastehen und geduldig warten.

Mama berührt die Busfensterscheibe und zieht die
Hand schnell wieder zurück, die Scheibe ist glühend
heiß!

Und auch mir wird es langsam warm. Ich denk noch so,
der Busfahrer will bestimmt, dass wir es nich zu kühl
im Bus haben, damit beim Aussteigen die Temperatur-
unterschiede besser zu verkraften sind.

Es wird immer heißer, ich ziehe meinen Kapuzenpulli
aus, und mach mich ganz nackt. Schon besser - so
gehts. Mama mag Wärme eigentlich sehr gerne, aber
im Bus wird es immer unerträglicher. Ich brummele
ihr zu, dass sie sich doch auch nackt machen könne.
Aber sie will das absolut nich. Keine Ahnung warum.
Ich kann auch nich allen helfen. Muss sie halt schwit-
zen.

Der Busfahrer und der Reiseleiter sind schon eine
Weile dabei, die Klimaanlage zu checken. Aha. Sie is
defekt, ich habs geahnt. die Temperatur im Reisebus
steigt unaufhörlich. Die Beiden telefonieren mit dem
Reiseveranstalter, damit wir in Casablanca einen neu-
en Bus bekommen, aber bis dahin is es noch eine Weile zu fahren.
Ich höre auf mitzuschreiben, is zu heiß. Selbst nack-
ich.

Der Busfahrer und der Reiseleiter schaffen es, durch
geschicktes Lüften und Öffnen der Fenster in der

Decke die Temperatur zumindest nich weiter anstei-
gen zu lassen. Die Gäste bekommen zusätzliche Was-
serrationen und hängen schlaff in ihren Sitzen. Ich
höre kein Wort mehr über faule Marokkaner.

Im Feierabendverkehr erreichen wir Casablanca. Dem
Busfahrer war es wichtig, dass wir die wunderbare
Moschee noch im Abendlicht sehen. Er hat seine Arbeit gut gemacht an diesem Tag. Wir sehen ihn nie
wieder, weil wir am nächsten Tag einen neuen Bus bekommen, und einen neuen Busfahrer. Bus und Busfahrer gehören immer zusammen, erklärt uns der Reiseleiter. Dankeschön, lieber Busfahrer.

Die Moschee in Casablanca heißt die »Hassan der II.-
Moschee« und is nach Angaben des Reiseführers die
Zweitgrößte der Welt. Das Minarett is sogar das
höchste religiöse Bauwerk der Welt. Hassan der II.
war über dreißig Jahre König von Marokko und hat die
Moschee zu seinem 60. Geburtstag von seinem Volk
geschenkt bekommen. Die haben lange daran gebaut
und es gab einige Todesfälle beim Bau zu beklagen. In
der Gebetshalle finden 25.000 Gläubige Platz, auf
dem Vorplatz ist Platz für 80.000 Gläubige.

Wirklich sehr eindrucksvoll. Hassan der II. war bei
seinem Volk sehr beliebt, sagt der Reiseführer.

Er hat viel für die Emanzipation der Frauen und für
die Alphabetisierung der Landbevölkerung getan.

Notiz für mich, was schenke ich denn meiner Mama zu
ihrem Geburtstag? Ich glaub nich, dass sie sich ne

Moschee wünscht. Die würde auch nich in den Garten passen, ich hab das ausgemessen. Vielleicht mal ich ihr ein Bild.

Auch wenn du einer von den Ungläubigen bist, darfst du die Moschee betreten. Aber du musst deine Schuhe ausziehen. Kein Problem, ich hab sowieso nie Schuhe an. Und frisch gewaschen musst du sein. Wann war ich denn zuletzt in der Waschmaschine? Und wenn du eine Frau bist, musst du deinen Kopf bedecken und natürlich auch ordentlich angezogen sein. Ach ja, und Eintritt musst du auch bezahlen.

Mama hat ein wunderbares Foto von der Moschee gemacht, unten mit Nebel drumherum. Ich hoffe, ich finde es noch wieder.

Kramt in seinem Schuhkarton mit den Fotos

Auf dem Lande besuchen wir bei der Weiterreise eine Kooperative, in der Frauen Öl aus den Arganfrüchten gewinnen. Das hab ich mal kopiert für Euch. Is in Ordnung oder? Ich hab die Quelle angegeben.

„Der marokkanische Staat unterstützte die Gründung der UCFA (*Union des Coopératives des femmes de l'Arganeraie*). In dieser Organisation sorgen etwa 22 Kooperativen mit mehr als 1000 Frauen dafür, dass die Tradition des handgepressten Arganöls erhalten bleibt. Vom Verkauf des Öls können die rund 6000 Familienangehörigen in den Dörfern leben und die Familienverbände bleiben erhalten weil keine Notwendigkeit besteht, in den Fabriken der Städte zu arbeiten. Mit der Entdeckung des Arganöls für die Kosmetikindustrie, als Bestandteil von Pflegeprodukten, kann darüber hinaus langfristig eine Nachfrage für die Produkte der Kooperativen geschaffen werden. Die Auswirkungen der steigenden Nachfrage und die sozialen Folgen des industriell-maschinell gepressten Arganöls sowie die eingeleitete Gegenbewegung der Frauenkooperativen sind Gegenstand einer im Mai 2006 durchgeführten Studie der GTZ. Die Handpressung von Arganöl ist wesentlich zeit-aufwändiger als die Herstellung mit Hilfe von Pressmaschinen. Zur Gewinnung eines Liters handgepressten Arganöls sind etwa zwei Tage Arbeit erforderlich. Auch der Einsatz der Früchte ist deutlich höher; zur Produktion eines Liters werden ungefähr 30 Kilogramm Früchte benötigt, also die Ernte von 4–5 Bäumen. Dies erklärt den relativ hohen Preis. Da die Kooperativen der UCFA für die eigene Vermarktung arbeiten, bleibt die Wertschöpfung ihrer Arbeit bei den Frauen."

(Quelle Wikipedia)

Die Hassan II. Moschee in Casablanca

Der Hassanturm in Rabatt

Arganbäume wachsen weltweit nur in dieser dürren Landschaft von Marokko. Ziegen steigen in die struppigen Bäume und fressen die Beeren, dann scheiden sie die Kerne wieder aus. Sie sind ein beliebtes Fotomotiv für Touristen, und der Ziegenhirte sammelt so ganz nebenbei noch etwas Geld fürs Fotografieren ein. Die Ziegen wissen, wie dekorativ sie im Baum aussehen und grinsen in jede Kamera.

Arganbäume werden furchtbar alt und die Besitzer achten streng drauf, dass niemand außer ihnen die wertvollen Kerne aufsammelt.

In dem kühlen Steinhaus, das wir besuchen, sitzen ein Dutzend Frauen auf dem Fußboden. Das Sammeln und Verarbeiten der Arganfrüchte ist von jeher Frauensache. Nach dem Trocknen der Früchte wird das Fruchtfleisch entfernt. Fehlerhafte und faule Kerne werden aussortiert. Die harten Kerne werden danach aufgeklopft.

Ich darf das auch mal versuchen, die Frauen haben gelacht, als sie mich gesehen haben. Keine Ahnung, warum, wahrscheinlich besuchen nich so viele Plüschbären einen Kooperative.

Ich finde die Situation irgendwie merkwürdig.

Wir stehen da und schauen auf die arbeitenden Frauen herunter. Also Mama, ich ja nich, ich bin auf Augenhöhe mit den Frauen. Aber den Frauen scheint es zu gefallen, dass mal jemand zu Besuch kommt und ihnen bei der Arbeit zusieht. Sie sind lustig drauf, singen und arbeiten einfach weiter.

Eine Frau winkt Mama zu sich her und schenkt ihr

eine Handvoll Nüsse. „Un cadeau", sagt sie fröhlich, ein Geschenk! Ganz nebenbei lernen die Frauen in der Kooperative auch Lesen und Schreiben. Im kleinen Laden nebenan kaufen wir dann Arganöl, is klar, was sonst.

Als wir in Agadir landen, höre ich auf dem Flughafen schon den Muezzin rufen. Muezzin is der Ausrufer, der alle Gläubigen zum Gebet ruft. Das macht er so fünfmal am Tag, zu ganz bestimmten Zeiten. Nur morgens variiert die Weckzeit, weil die sich nach der aufgehenden Sonne richtet.

„Gebetsteppich -

Um das Gebet an einem sauberen Ort zu vollziehen, wird ein Gebetsteppich als Unterlage genutzt. Meist haben Gebetsteppiche im Muster eine angedeutete Gebetsnische. Diese verweist auf die Nische in einer Moschee.
Gebetsteppiche werden beim Gebet so gelegt, dass die Spitze der Nische auf dem Teppich in Richtung der Gebetsnische in der Moschee zeigt, also nach Mekka. Moscheen sind meist mit Reihengebetsteppichen, die Platz für mehrere Muslime nebeneinander bieten, ausgestattet.
Ist man unterwegs, kann man einen speziellen Gebetskompass zur Bestimmung der Gebetsrichtung nach Mekka benutzen. Heute gibt es auch Gebetsteppiche mit einem eingebauten Kompass. Hat man keinen Gebetsteppich dabei, kann als saubere Unterlage auch eine Jacke oder eine Zeitung dienen, in der Wüste auch Sand."

(Quelle: Staatliche Museen zu Berlin)

Ich hab Euch das kopiert, natürlich mit Quellenanga-
be. Ich will mich ja nich mit fremden Plüschfedern
schmücken.

Das mit dem Teppich fand ich sehr schön, und ich hab
lange plüschig geguckt, bis ich auch so einen kleinen
Teppich bekommen habe, leider ohne Kompass. *Guckt
trotzdem dankbar*

Ach so, ich wollte ja noch was zum Muezzin schreiben.
Also, ich hab mir das genau erklären lassen mit den
Rufen zum Gebet. Die Töne klangen in meinem Ohr zuerst sehr fremd. Und irgendwann habe ich dann gemerkt, dass da gar kein Muezzin mehr live vom Minarett live singt. Der is mittlerweile durch eine CD oder
eine Langspielplatte ersetzt worden. Weil da nämlich
zum Abschluss des Rufes immer so ein Pfeifton kam.
Daran hab ichs gemerkt. Na toll.

In Marrakesch besuchen wir zum Abschluss den Platz
der Gaukler. Den müsst Ihr Euch unbedingt mal ansehen, wenn Ihr in Marokko seid. Plötzlich taucht Ihr in
eine andere Welt und eine andere Zeit ein.

Habt keine Angst vor all den fremden Gerüchen, Ge-
räuschen und Geschmäckern. Probiert alles mal aus.
Aber achtet auf Eure Wertsachen, wie in jeder Groß-
stadt und haltet besonders Eure Plüschtiere fest!

Mama suchte für mich auf dem Basar einen marokkanischen Anzug. Alle Händler zeigten ihr die schönsten
kleinen Anzüge, herrlich bestickt und in wunderschö-
nen Farben. Ich musste natürlich erst mal alles probieren, die Tunika, also das Oberteil passte meist gut,
aber die Hose brauchte ich natürlich nich.

Manche Händler wollten mich kaufen. Mich!! Sie boten sehr viel Geld für mich! Ich hab mich an Mama festgeklammert, aber sie wollte mich auf keinen Fall hergeben. *Guckt dankbar*

Zum krönenden Abschluss kam dann natürlich noch ein Händler und legte mir eine hochgiftige, meterlange Würgeschlange um meinen dünnen Plüschhals! Mir gefror das Granulat im Leib, aber ich hab mir nichts anmerken lassen.

Leute, ich sag Euch, das is immer der Moment, wo ich weiß, na gut, das wird zumindest ein tolles Foto. Und dann denk ich ganz fest an Euch und beiße die Zähne zusammen, die ich gar nich habe.

Und hinterher bin ich stolz, dass ich so mutig war und Ihr an meinen Geschichten Freude habt.

Blättert noch mal durch seine Notizbücher

Ja, Ihr Lieben, das waren die neuesten Geschichten von Eurem Bruci. Ich hoffe, dass auch meinen neuen Lesern und Leserinnen die Geschichten gefallen haben.

Ihr lest aber auch wirklich schneller, als ich schreiben kann!

Nun lege ich mich etwas hin und lasse Mama das mit der Covergestaltung, dem Klappentext und der Datenübermittlung machen.

Und nächste Woche gehts nach Irland! Hat irgend jemand mein Regencape gesehen? Meine Gummistiefel? Meine Guinness-Kappe? Ich brauch einen Schirm! Hab ich einen Schirm?

Lieber Gruß

Euer Bruci

Nachtrag

Und bitte denkt an Eure Plüschies auf dem Dachboden, im Keller und wo die sonst noch liegen mögen.
Wenn Ihr sie nich mehr wollt, dann wascht sie und
verschenkt sie an jemanden, der sich drüber freut.

Versprochen?